淡之隨性

李昌民著

這是一本口語化、鄉土化、大眾化的散文集，將可帶給讀者饒富趣味多層次的閱讀享受，進而為滾滾紅塵注入一股清流。

序

美食令人齒頰留香，好書值得代代留傳。

我覺得寫作如同揉麵團，原始材料就是那略具香味而面目模糊的大麵團。我便使出老師傳的看家本領，揉揉、拉拉、捏捏，做出了各式各樣花里胡俏的美食來，正等待您的品嚐。

我天生就有寫作的愛好，而兼顧獨樂與眾樂兩種樂趣，使生活處處激發驚喜，因而以多元的手法完成這本《流亡學生》。為了不致譁眾取寵，我別出一格地設計了「大地采風錄、鄉愁揮不去、親情關不住、趣譚一籮筐」四個單元，計三十八篇散文。其中有長篇，有小品，有敘情，有敘事，有寫景，有幽默，不一而足。您看了必定會時而歡笑，時而拭淚，時而感嘆低迴不已。

〈流亡學生〉好似一陣風，來無影，去無踪，早已被人們忘得一乾二淨。由於那是我獨特的親身經歷，故而著墨較多，取作書名。

我的文章沒有美麗詞藻，有的只是通俗的字彙，鄉野的話語。換句話說：這是一本通俗的鄉土的大眾化的文學作品。我知道循著老路說故事沒有魅力，於是我手寫我心，以自己的文字挖掘內心無限的寶藏，寫下了一篇篇有深度有內涵的文章。期使讀者能夠引起共鳴，從中找到品味與能量，昇華情緒，填補心靈空間，重新體悟生命的偉大與渺小。

有人說：「寫作是寂寞的，好像悟道。」也許我不是一位職業作家，沒有這種感受。原因是我寫的文章都是我身邊熟悉的人、事、物，自然是得心應手一瀉千里。不過寫作能夠忘憂，一點也不假。只要一筆在手，心靈自然澄明，思緒自然平靜，靈感自然泉湧，心胸自然開濶。再加上編者、讀者與作者的互動，將一個人的生活妝扮得美麗耀眼。

「文章千古事，得失才幾知。」世上又有幾個作家在乎名利得失？不過，只是寄望別人藉由閱讀自己的作品，豐富他們的生命，而自己則因寫作得到進步、超越和快樂，我又何嘗例外。

滾滾紅塵，世事紛紛擾擾，何如偷得浮生半日閒，搬一張椅子，泡一壺好茶，讀一本好書，享受那片刻的安怡與寧靜。

李昌民

目次

卷一

大地采風錄

海上桃花源

我們旅遊團一行十九人從泰國普吉島攀牙灣搭乘鐵殼船直往海上駛去，這艘兩頭尖翹長型鐵殼船，一排僅坐兩人，除了船尾有銀製的金屬鳳尾與船側有金色小海馬雕刻外，整艘船都是亮黑色的。由於船身有動力馬達，疾如流矢，排浪前進，一時水花四濺，船老大熟練地拉起兩側的透明布幔。

不一會，來到海上，但見兩旁景物為之一亮，矗立著許多大大小小島嶼，彷彿來到桂林。不過桂林的「饅頭山」是在陸上，而這裡的卻是在海上。

一個個綠綠油油的島，蓊蓊蔥蔥。有的如臥虎，有的似蛟龍，有的像天馬，有的如立象，有的群山集聚，有的孤懸海上，形成一個翡翠世界。若從高處看來，像是湛藍棋盤上的棋子，莫非是大自然佈下的棋局。

過了一山又一山，過了一景又一景。隨著山丘的起起伏伏，往往伴之在左，忽焉在右，倏忽在前，隨之在後。驚愕間，前面已是疑無路，轉折間，又見柳暗花明。

據說：這些島是在一九〇〇年的一項空中調查才被發現。好在被發現了，要不然恐怕又要隱藏千年萬年。可知每個島嶼的命運不一樣，歷史也不同，像一個人的身世，而這些石灰岩島嶼最傳奇。

船，行行復復行行，突然間眾人都伸長脖子，遠遠看到有個村莊，在水一方。莫非是海市蜃樓？及至駛近，才看清那不是幻覺。只見一排排的房舍，一間間的屋宇，有街道，有廣場，有牌樓。至於如何打地基？原來他們是用百年不腐的木材——橡膠樹幹做樁，密集的排列，上面再覆蓋以厚木板，就這樣疊床架屋，不費一釘一鉚接榫而成，打造了夢幻般的漁村。

登上碼頭，繫妥纜繩，才知道這裡是回民群居之所，斑駁的牆上還有一行大字，經仔細辨認之下，是用阿拉伯文寫著：「以海為天，以海為地，以海為家」的字句。原來古代回教徒遭受迫害，他們的祖先逃難到此，過著與世隔絕的生活。

他們穿著素樸的黑、白兩色古裝——瓜皮帽、大襟褂、寬褲管，見了我們熱情地以伊斯蘭式料理招待我們，其中尤以涼拌木瓜絲、海鮮酸辣湯最為清新可口，飯後的水果竟是「紅毛丹」。別小看這種外表絨毛有點扎手的熱帶水果，撥開它，裡面是柔軟晶瑩的果肉，綿密的纖茸朝核心層層包裹，點點粒粒的仔子浸淫在瓊漿玉液裡，讓人忍不住要啜吮、吸食，吃在嘴裡，頓時消融解化，與口舌抵死纏綿。

為了投桃報李，我們便把船上帶來的榴璉切開，與大家分享。只見他們露出一雙雙黑、白分明的眼神，肅穆以待。及至聞到榴璉散發的異味，眾人嘰哩咕嚕掩鼻而逃。

我們覺得甚是無趣，於是四處閒逛，只見岸邊幾個男孩在抓海龜，看那鐵銅色的臂膀，正是力與美的象徵，他們沒戴護目鏡，一個猛子栽下去，再浮上來時，已是一手一隻海龜，看來他們晚上又可享受一頓豐盛的「海龜大餐」了。

街上的行人悠閒地背著手踱方步，時間好似靜止一般。在他們的觀念裡「願作海上人，不願作神仙」，這樣的日子過得越慢越好，走路走得匆忙的人反而被認為是趕去死亡。因此，我們不由自主地把呼吸放慢，把腳步放慢，把時間放慢。

村子裡的男人多已出海補魚，女人在家做些編織的活兒或帶小孩，而老人們則三三兩兩依牆而坐，聊天、唱歌、抽旱煙。一支煙袋少說也有兩公尺長，當一個人在吸的時候，必須由另外一人點火，很有趣！

他們咿咿呀呀每人兩句接力地唱著小曲，好像一團攪亂的線團，繞來繞去，永遠繞不完，特試錄幾句如下：

星兒眨眨眼
月亮露露臉
七彩雲片片飄過
八色鳥陣陣飛來
一青一黃就一年
一黑一白就一天
再高的山也比不過大海深
再大的海也填不下貪婪心
…………。

彷彿千百年來這些人就是這麼活著，沒有變過，不值得大驚小怪。我向他們打招呼，他們多以微笑的眼神望著我，原來泰國自詡為”Smile Country“其來有自。

一位老者拉拉我的手，又指指天空，意思是說：「你們是不是從天上來？」另一位又問：「你們以後還會再來嗎？」我怔了一怔，先是點頭，繼而搖頭。

走著，走著，見到一個玩鷹的少年，一揮手一隻巨鷹從船帆飛起，盤旋天際。一聲口哨，那隻鷹又伏衝而下，落在他的肩上。此鷹兩眼如銅鈴，雙爪似利勾，我將雙臂伸開一量，居然比他的雙翅還要短一截。有人嚇得站得老遠，大膽一些的人卻趨前與之拍照留念。

海是那麼寧靜，山是那麼寧靜，村子也是那麼寧靜，但願此時此刻從無聲到永恆。

突然間，鐘聲響起，眾人才回過神來，聽那鐘聲的音色，還保有詩意情懷。隨即看到一艘舢板載著一個龐然大物顫顫威威由遠而近，圓的頂蓋，筆直的塔尖，難以想像的竟然是座流動「清真寺」。船頭有個人看見我們忙不迭地擎起羊皮雕刻的「可蘭經」現寶。

村民不知今夕何夕？今年何年？更詎論泰國王朝興衰嬗遞了。至於他們如何自給自足？原來每天退潮時分，通往山邊的道路便可露出水面，他們利用這短暫的時間「搶攤」，儘快挑水或撿材。至於那些橡膠、木瓜和紅毛丹樹就生長在山上，只因山壁太過陡峻，不宜居住。

海上民生雖苦，海色蒼茫、荒涼，年年歲歲，彷彿地老天荒，直到永遠。由他們的樂天知命，人之所以為人的局限與堅韌，因此凸顯出來。

離去時，眾人悵然，默默無語。

船緩緩而行，不一會，峰迴路轉，只見遠遠山邊紅色點點，飄飄逸逸，如夢似幻。駛近一看，原來是多艘獨木舟來往穿梭，眾人振臂歡呼！彷彿適才走出時光隧道，已忘了背後「以海為家」的一群。

不一會，我們的船便來到「棧橋」，大家於是穿上救生衣，換乘獨木舟，兩人一艘，由船伕操槳，往一個個山洞而去，尋幽探勝，親身體驗臨水的滋味。

這些山洞便是泰語所謂的「湞」或空間，即為島上崩頹的山洞。由於接觸海水的石灰岩，為海水所侵蝕，因此將海水引入洞中，讓普吉島發展一項另類的新興海上活動。

此時，我們是利用海水退潮之際，在小舟上緊縮著身體，穿越狹窄的石灰岩洞穴，進入島中被垂直岩壁阻隔的小片空曠地帶。由於海水的浸入，島裡面的山洞已經成為非常寧靜的湖泊。有些地方甚至僅及膝蓋，進去之後有人還會下去走走。

島內的湖泊沖積成之沼澤，孕育出許多動、植物體系，鳥叫聲從高處傳來，迴盪在寧靜的空間裡，是一個天然全無人工味的空間。

當我們進入一個較大型的島，洞穴四通八達，從一個洞口進入，卻可從另外一處出來。高掛的驕陽從浸蝕的洞穴中灑下，陽光的金黃裡滲透雲的影子，也滲透著海水的反光，在洞穴中泛起或綠或藍的光彩。

一處狹窄的洞穴，不僅整個人的身體必須躺平在獨木舟上，還得靠船伕下水用力推擠，才能進入，一堆獨木舟排隊等著進去，相當好玩。

進入洞中，又是一片天地，四週環山，與世隔絕，形同一個「秘密花園」。船伕指指樹間的昆蟲、鳥類，水中的海藻、游魚給我們看，還有珊瑚石間的蘆薈，淺水中的水筆仔。不過，台灣的水筆仔葉形為倒卵形，而這裡的則為長橢圓形，想來是水筆仔的新種，要不然它們的胎生苗再遠也射不到這片人跡罕至的洞穴。

大樹小草、繁花孤枝，不劃地自限，不排擠異類，共織錦繡山河。面對大自然，人類應向山水學習吧！

隨後，我們又在生有苔蘚的地方看到眼睛特別突出的「彈塗魚」，浮在水上像青蛙，但整個身子模樣又像河馬。它最耍寶的動作是咬食綠藻時，因為很費力，於是咬一口就翻身露下肚皮。而且這種魚能用鰭挺起身子，最厲害的絕招是彈跳，它每吃完一塊海藻後即騰跳轉移陣地。

我怯生生的探出手，撥了撥冰涼的海水，水面波光粼粼，如此耀眼，彷彿有千萬顆水晶鑽石，在水底綻放光芒，等待我們潛身尋覓。

划著、划著，遠遠傳來悠揚的歌聲，原來是船扶在唱"Happy Birthday to you……"適巧搭乘該船的領隊王自樂將軍生日，怎不令他喜出望外，免不了小費又要破格給付。眾多遊客也隨聲附和，聲音滿山滿谷，繚繞、迴盪，彷若天籟。

我瞥見有人從船伕手中接過那支「雙頭篙」。左衝右突，輕鬆自在的划行。我也有樣學樣，不料，好似小孩玩大車一般，獨木舟偏偏不聽使喚，一直在原地打轉，差點翻掉。就這一緊張不打緊，嘴裡的口香糖突然卡在喉管裡，上下不得，眼淚鼻涕都流了出來。及至定睛一看，原來剛才划船的那位團友不是別人，而是已退休的「華山軍艦」艦長王更生先生。昔日在台灣海峽叱咤風雲的他，無官一身輕，卻玩起小船來了。

鄰船平正坡先生的鎂光燈，對準我們夫婦的獨木舟閃個不停。平先生是位傑出畫家，想來此番旅遊必將帶來莫大靈感，美景全都錄，素材滿行囊。

返回棧橋已近黃昏，只見遠山如黛，沿途奇峰倒影，七彩繽紛的彩霞在天際翩翩起舞，萬頃金波映著紅舟點點，真是一幅醉人的海上桃花源。

石頭的故鄉

花蓮歸來不見石！

我偶爾靜靜地凝視著桌上這塊玫瑰石，看它有時像天邊一抹彩霞，令人憑添無限遐思；有時又像一道彩虹，飛越無窮天際，我的思緒也隨著那道彩虹伸向天邊，神馳良久。

這塊玫瑰石是住在花蓮葉伯農先生送的，其實，我與葉先生只是初識，他的慷慨，令我懷念。進而也體會到花蓮的濃濃人情味。

我原以為台灣的景觀只是青山綠水，鳥語花香。殊不知當葉先生帶著我們昔日袍澤及眷屬一行人到達太魯閣，下車步行，我才發現這片鬼斧神工的奇景，竟是一條世界級的大理石峽谷，山高水清，風光無限。

在這片天然大理石岩壁上，被地殼擠壓出各式各樣扭曲、緻密而又粗獷的紋理，灰的、黑的、紅棕的、橘紅的、淡黃的、乳白的，各色線條混雜呈現在岩面上，凹陷的隙縫、凸起的稜脊、鉅齒狀的、壼突似的，各種線條形狀，和諧的組合在一起，呈現了山嶽的力與美。

大自然在超出我們所能想像的漫長歲月裡，緩慢的塑造出大地獨特的面貌。一寸一寸的擠著、壓著，讓堅硬無比的岩塊，展現出驚人的柔韌和塑性，在其間寫下各種千迴百轉的歲月線條。走進峽谷，就像走進大自然的作坊，時間和力量的累積，全寫在每條獨一無二的摺曲之間。立霧溪淘湧的水流，以幾百萬年的時間，精工雕琢出如此深邃瑰麗的峽谷，實在讓人難以想像太魯閣峽谷裡的這些岩壁，是經歷了怎樣的滄桑歲月，令人不得不讚嘆造物者的神奇。

砂卡礑溪雕琢出來的神秘谷，呈現出各式各樣柔美弧形，終年水質平緩清澈。溪底的卵石，在水中映出玉石般的青綠色，使照進谷裡的晨光，都染上淡淡的氤氳水氣。

燕子口內，大理石岩壁巍然壁立，紋理緻密，令人驚嘆！太魯閣峽谷若稱之為「天下第一谷」，當之無愧！

回來後，我的心仍繫著太魯閣百萬年的雕塑，仍懷念那裡色澤特異的石頭。於是經常偕同家人再度造訪，徘徊海邊、溪邊撿石頭，每去一次都有一種全新的感受。據說：這些質地緻密的大理石是由海底生物變成的，真奇妙！

撿石之樂樂無窮！如今，我把這些賞心悅目的石頭放在客廳當擺設，有的放進院子的噴水池裡，讓它們自然流露一股靜謐的水石之美。

啊！花蓮！石頭的故鄉！

老兵不死

「東方發白，大家起床，整理內務，打掃營房，天天運動，身體健康，青菜、豆腐最營養，亂吃東西壞肚腸……。」這首「戰士的話」，凡是民國三十八年追隨政府來台的榮民弟兄均能背得滾瓜爛熟，而且身體力行，習以為常。

那時，夏天一人穿著一條紅短褲，頭戴斗笠，從早到晚在操場上練劈刺、跳木馬、上單槓、扔手榴彈……。冬天夜裡裹著一條軍毯蹉伏在地上。至於吃的更不用提了，一個班蹲在地上圍著一盆鹽水湯，上面漂著幾片菜葉，一陣風吹過，蒙上一層塵土。一簣簣的糙米飯，盛不到第二碗就簣底朝天，往往全連從「開動」到吃畢，只有兩分半鐘。

由於一天只吃兩餐，長期處於半飢餓狀態，人人得了夜盲症，有的人甚至得了「晝盲症」，大白天成了睜眼瞎子，眼前一片漆黑，什麼也看不見。可是耳朵和嘴巴仍是靈光的，每天集合隊伍唱軍歌：「保衛大台灣，保衛大台灣……。」

唱！唱！唱！唱出了萬眾一心，唱出了同仇敵愾。接著八二三砲戰、古寧頭大捷，守住了台灣，守住了這片乾淨土。

正當台灣突飛猛進，國民生產毛額直線上升之際，這些歷經抗戰、剿匪兩大戰役的沙場老兵，先後一個個退伍了。當年那種叱吒風雲的豪情雖已不復見，但他們卻是退而不休，不計較工作，不計較報酬，在社會上各個角落默默地犧牲奉獻，做一個真正的「榮譽國民」。

最常見的就是大廈管理員了，因為保全公司徵求人選是要膽大、心細、機警、勇敢，能夠獨當一面，應付突發狀況，上項條件豈不正與退伍老兵一拍即合。

你不要認為他們年老體衰，可是這些昔日沙場老將腰桿筆直，精神飽滿，制服一穿，還是有模有樣，執行任務一點也不含糊。

在他們的眼裡，歹徒算什麼！老子當年和日軍白刃戰，一連刺死好幾個小日本鬼子，自己毫髮未傷。

老兵們的飲食簡單，一餐兩個饅頭，一碟辣椒炒小魚就能打發，嘴裡邊吃邊咕噥：「乾巴魚炒辣椒，越吃越添膘。」顯然這已是高等享受，遠非「青菜豆腐」可比。如此餐餐饅頭，頓頓饅頭，吃著，吃著，吃著，吃出了靈感。便試著如何發麵做饅頭，自己做自己吃，吃不完拿去賣。

凡是當過兵的人都知道，「打靶正中紅心，是長期練習的結果。」可是做嗆麵饅頭比打靶容易得太多了，而且嗆麵饅頭很飽人，吃了很壓餓。

因此，「山東大饅頭」闖出了名號。

夏天一到，「巴卜！巴卜！」之聲不絕於耳。原來老兵們又在做應景行業，賣起冰淇淋來了，只見他們頂著大太陽，以單車代步，穿梭於大街小巷。

單車一停，老兵便捏動手中的小喇叭，像催命符一般，使原本慵懶的孩子們豎起了耳朵，把單車團團圍住，削尖了腦袋往裡擠。

只見老兵揮舞著雙手，飛快地挖出一球球五顏六色的冰淇淋。動作之俐落，不亞於當年「臥倒、出槍、瞄準、扣板機」一氣呵成。

在孩子們的心中，他們猶如聖誕老人。

一些老兵原本是老實巴啦的農民出身，以前在軍中進行「克難運動」的時候，操課之餘也曾種菜、餵雞、養豬、養魚，改善伙食。因此，深深體會到「種花不如種菜，養鳥不如餵雞」的道理。

如今解甲歸田，一有閒暇，自自然然地扛著鋤頭，往菜園裡去。終於可以完成自己的夢想，做一個真正的農夫。

說是菜園，其實也只不過是大樹旁、水溝邊、屋山頭，別人無法建築的一點畸零地。就這樣空心菜、地瓜葉、四季豆、小黃瓜……，一片綠意盎然，吃不完還可以送人。也有人紮成一把把推著小車到市場上去賣，生活過得踏實、滿足。

那些喝過墨水「帶筆從戎」的人，退伍下來，認為終身俸錢雖不多，節省點用勉強可以度日，倒不如留點時間給自己，做一個忙碌中的閒人。

不過，他們並沒有真正閒下來，而是做一些從前想做而沒做的事。在軍中一天到晚忙訓練，忙戰備，如今優游自在，想做什麼做什麼！紛紛寄情於琴、棋、書、畫，也有人也從事寫作或著述。

在他們的觀念裡，從前是為理想而奮鬥，如今是為愛好而活著。一個人退伍下來，不為自己找一件好玩的事，如何能排遣這有生之年呢！

目前，書法寫得好的人以王自樂將軍為代表，王將軍的字筆力雄渾，氣勢磅礡，猶如天馬行空。而且，為人題字總喜歡書寫「梅花香自苦寒來」，別看只有這簡短幾個字，卻一語道盡了老兵們的心路歷程！國畫畫得好的人以平正坡先生為代表，平先生不但裱褙不假他人，而且自己可以治印，可謂詩、書、畫三絕。更奇妙的是魔術大師王更生先生，他的「抓之即來，揮之即去」的看家本領，已臻出神入化之境，讓人看得目瞪口呆。至於作家袁德華將軍，他那本「回首來時路」簡直就是一部「老兵血淚史」，令人讀了刻骨銘心。

當真軍隊之中也是臥虎藏龍！

我們日常上街，在人行道上偶爾可以看到修理皮鞋的老鞋匠，戴著一副老花眼鏡專注地工作，這些老鞋匠多半是老兵們客串。莫非他們以前在軍中修過皮鞋？「小孩沒娘，說來話長。」

國父　孫中山先生曾說：「軍人要能打仗，第一能走路，第二能吃粗。」吃粗非本文討論的範圍，即拿走路來說吧！如果沒有一雙合腳的鞋子，豈不等於龍困淺灘。

不用說抗日、剿匪的動亂年代，即拿民國三十八年剛到台灣來說吧！一個個都在打草鞋穿。幼年兵跟班長學打草鞋是必修的課程，往往行軍演習腳上穿一雙，背包上還要吊著一雙。

及至發膠底鞋、球鞋，乃至皮鞋，他們是多麼地歡喜，多麼地珍惜。鞋後跟磨破便找塊膠皮來黏上。皮鞋開了叉，於是模彷小時候母親納鞋底的情景，試著用麻繩縫合。就這樣，興趣加上努力，外行人也能成專家。

軍人所會的是殺人放火，退伍後一無是處，又缺乏人際關係，可以說兩眼摸黑。一些年老體衰又無積蓄的人，只好做個「環保尖兵」——撿破爛。

撿破爛就是撿些破銅爛鐵，除了瓶瓶罐罐之外，就是廢紙箱、破紙板。他們像是識途老馬一般，每逢深夜當別人好夢正酣之際，推著手推車摸摸索索挨家挨戶去撿拾。此外，街頭巷尾那些賣烤地瓜、臭豆腐的人，似乎都是老兵的化身。只可惜這些鄉土零食，近年來已漸被外來的漢堡、薯條所取代。

老兵們的休閒活動也很簡單，除了散步，就是三五好友聚在一塊楚河、漢界地廝殺。既捨不得去遊覽，也捨不得大吃大喝，一件夾克起碼穿上十幾二十年，有病就往榮民總醫院跑。如此一來，退休俸雖然不多，但每月尚有節餘，日積月累則成為一筆不小的數目。

懷抱著一顆知足、感恩、惜福之心，有的單身榮民便想到幫助別人。竟把平日省吃儉用攢下來的錢，捐給孤兒院。在他們的心中，自小離家當兵，老來仍是孤苦伶仃，逢年過節偷偷抹眼淚，將來死了被狗吃掉也不會有人知道，不是與孤兒有著相同的命運嗎？

沒錢的老兵無錢可捐，就到附近學校充當義工，每當早、晚學生上、下學的時候，他們便穿起黃馬褂，站在學校門口指揮交通。只見他們哨子一吹，指揮棒一揮，好像老虎在發威。

自開放大陸探親以來，老兵們騷動好一陣子，成為彼此見面談論的話題。大家彷彿比賽一樣，你八次，我十次，看看誰返鄉的次數多？

幾十年沒回家了，每次回去總是大包小包的帶，其中金戒指、手錶是每位返鄉客的必備品，再有就是電器用品，此外，每位親人一個紅包是少不了的。

當然，其中也有人是打腫臉充胖子，修馬路、擺流水席……，以致招引幾十里以外的遠親翻山越嶺來相會。其實，這些老兵在台灣一向節儉成性，買個便當吃都捨不得。

令人啼笑皆非的是，海峽兩岸的中國人，一邊戲稱他們「呆胞」，一邊卻叫他們「老芋仔」，弄得老兵們心裡很不是滋味，有一種失根的感覺，自己都不知道「我是誰？」

談起當年軍人擇偶的對象，「不是熱，就是涼，不是拿刀，就是拿槍。」因此，那些茶室小姐、冰店小姐、理髮小姐、彈子房小姐便成為阿兵哥一時追求的對象。莫非是「當兵三年，老母豬賽貂嬋！」

不料，近年來大陸新娘陸續「進口」，使得失婚老兵們重新燃起了「性」趣。換句話說，只要二、三十萬元新台幣，就能「買」到一位美嬌娘。

據說：大陸妹嫁給老兵的條件要「三高」——房子高、年齡高、血壓高。這雖是一句笑談，但鶴髮紅顏比比皆是，真是「花兒開了！鳥兒叫了！老兵的春天到了！」「威而鋼」讓老兵重振雄風。

近年來，台灣大、小選舉不斷。老兵們深知自己處於弱勢族群，必須團結一致，才能爭取應有的權益。於是，只要有選舉，他們便展現了相當的實力，因而被稱作「鐵票」。任誰批評他們是投票機器也好，是投票部隊也罷，他們總是老神在在，寧折不彎。劃好「戰鬥地境線」，「掃清射界」，勇往直前。

各級民意代表看清這一點，競選期間紛紛放下身段，口稱：「榮民伯伯！」鞠躬哈腰向他們拉票。

此時此刻的老兵彷彿重新佔領「制高點」，腰桿子挺得更直了。原以為「這美好的仗已經打過」，想不到剛離開反共抗俄的軍事戰場，又轉進「選賢與能」的政治戰場。自此，螞蟻雄兵，「老兵立大功」。

老兵一生風風雨雨，「不怕苦！不怕難！愛國家！愛百姓！」走著一條曲折漫長的路。記得，麥克阿瑟將軍有句名言：「Old soldier never die.」如今果然印證了——老兵不死！

流亡學生

學生時代是一個黃金時代，充滿了美麗的夢想。不幸的是我卻當了「流亡學生」，那麼，一切的夢想也就因此破滅。

民國三十七年秋我才十五歲，赤餤瀰漫了蘇北故鄉，我揹著一個行李捲，隨著山東嶧縣中學——濟南第四聯合中學二分校，搭乘津浦鐵路裝運牲口的火車前往浦口。由於車廂沒有頂棚，一場大雨把整身衣服都淋透了。腿痠了，蹲下來休息，又是一陣陣牲口糞便的惡臭，熏得人直想嘔吐。到了浦口，因無船隻橫渡長江，眾多師生只得在一片草地上過夜。時值深秋，一身濕漉漉的衣服，那裏經得住冷索索的寒風，又沒吃飯，有的人都病了。

第二天分乘小船過長江，由於江窄水急同學們爭先恐後，船身不穩，只聽有位同學急急地大喊：「我的新媳婦啊！」我們以為有人落水，回頭看時，只見一件小棉襖已然漂流好遠！原來那位同學結婚不久，掉下去的小棉襖是他「新媳婦」做的。

我們從南京下關搭乘京滬鐵路的火車往南進發，但見車上已擠滿了逃難的人潮，大夥只得拼命往裡塞。塞不進去的人，便爬上火車棚頂，上面既無把手，也無欄杆，逢到過山洞的時候還要趴下來，令人捏一把冷汗。

從南京到鎮江只不過數站之遙，火車卻足足開了一整天。離愁別緒壓抑心頭，對窗外的風景也無心觀賞。

到了鎮江景物一新，鎮江不愧是江蘇省省會，歌樓、酒榭喧囂，市面一片繁榮，原來我們的落腳地是「瓜州」。瓜州位於長江北岸，運河之西，恰是兩大水系的交叉口。這次渡江我們搭乘的是大輪船，只見江面遼闊，江水平靜，想不到我們又回到了江北，精神為之一振。

過了長江來到運河邊，運河與長江相比真是小巫見大巫，若說是一條大水溝並不為過。雖然河水邋裡邋遢，但是沿岸的居民和船家都仰賴河水維生。只見上游的居民在河邊洗滌衣物或者沖洗馬桶，而下游的人家卻在淘米、洗菜、做飯。再看看兩岸一步一腳印使出吃奶力氣拉縴的人，不由令人體悟到「學如逆水行舟」的道理。

我們在瓜州停留不久，我因水土不服一直在拉稀，一天到晚跑到河邊痾，痾到第四天，再照照河水，才知道自己就像一個活鬼。有的同學由於思鄉心切，竟然三三兩兩結伴返鄉，聽說中途也有的人被抓兵的抓去。

徐蚌會戰國軍失利，南京告急，我們只得整理行李連夜南下。我急急地向老師說：「儲福寬同學現在住在鎮江醫院怎麼辦？」老師看看我兩手一攤，表示莫可奈何的樣子。儲福寬是我小學時的同學，病的面黃肌瘦，肚漲如鼓，我曾陪他渡江去看過病，後來透過紅十字會才住進醫院。如今，我是自顧不暇，也只有任其自生自滅了。

火車行行復行行，除了在贛江由船隻接駁外，多數的時間大家都坐在車上發呆。因為火車什麼時候開沒有人知道，換句話說：火車停的時候多，開動的時間少。

記得經過珠州時，當地盛產金橘，同學們離家不久，身邊尚有零用錢，大家都買金橘吃。到頭來，車廂裡的金橘皮少說也有半呎厚！走起路來好像踩在棉絮上，很有趣。

有一天夜裡，火車停在一處亂葬崗，大家下車解溲，只見點點鬼火飄來飄去，游移不定，老師說那是磷火。我們便仗著人多勢眾，追逐嬉戲。殊料，跑在前面的人「撲通」一聲跌倒！口吐白沫，牙關緊咬，不省人事。大家汗毛直豎，紛紛跑回車上。只有老師留在暗地裡掐他的人中，搔他的腳心，這才慢慢甦醒過來。老師說：「他是羊癲瘋。」在車上整整待了一個星期，我們由京滬鐵路、滬杭鐵路、浙贛鐵路、粵漢鐵路，最後在湖南郴縣西風渡打住。

下車後，連夜由鄉民帶我們徒步跋涉，經大路轉小徑，由平原轉山丘，涉小溪過叢林，最後來到李家大屋。此時天才矇矇亮。抬頭一看，大門兩旁雕刻一付對聯：「讀書好耕田好學好便好；創業難守成難知難不難。」進得門來，只見院裡有涼亭、魚池、噴泉、假山，在側門轉折處有一座孔雀園，養了兩隻孔雀，甚是可愛。

李家大屋是一座超級大型四合院，二層樓，迴廊曲折，四通八達。據說：原本是當地仕紳出資興建作為郴縣縣立中學的校址，不知何故竟然荒廢。如今作為我們的臨時校舍，真是再好不過了。

說也奇怪，偌大的房舍係單磚砌成，連洋灰都沒糊，看似消薄，但見我們數百人跑上跑下，並無絲毫顛簸振盪之感，的的確確應了「湖南三寶」的順口溜。

湖南省有三寶：
單磚砌牆牆不倒，
客人進家狗不咬，
閨女外出娘不找。

初來乍到覺得新奇，行李一放我就走出李家大屋到處走動，看看這裡的新環境。

放眼望去，一畦畦綠油油的稻田，一池池波光粼粼的魚塘，山上一排排聳立挺拔的桂竹，夾雜著一棵棵果實纍纍的茶仔樹。突聽遠遠一個樵夫拉開嗓門唱起山歌。歌聲嘹亮，直入雲霄：

世事紛爭何時了，
老樹枯，新樹茂；
新樹轉眼盡皆枯，
老樹紛紛斧前倒；
枯的枯，倒的倒，
不如醉臥夕陽笑，
不如醉臥夕陽笑。

山中無甲子，男耕女織，不問世事，這不就是陶淵明筆下的「桃花源」嗎！

走著，走著，約莫走了兩三里路，遠遠看到前面紅磚綠瓦偌大一棟房舍。我好奇地邊走邊向裡搆搆頭，裡面竟然也有一座孔雀園，孔雀正在開屏，雙屏展翅，把整個園子佔得滿滿的，有幾位同學圍觀，發出驚訝的歡呼！我正想問他們怎麼也到這裡來時，看到一旁的魚池、噴泉、假山似曾相識。我心裡想：這不就是我先前離開的李家大屋嗎？怎麼走了老半天，如今卻在眼前，恍惚如在夢中。想來山環水繞，迂迴曲折把我搞迷糊了，莫非我有了神仙縮地騰雲之法也未可知。

談起茶仔樹，只見家家戶戶門前的廣場上都晒著一粒粒古銅色的茶仔豆，形狀比花生米略大，製成的茶油膏，不論炒菜、拌飯清香可口。

此外，家家戶戶都會做電影「桂花巷」裡所演的那種「米豆腐」，吃起來滑溜溜的很有嚼勁。只消來上一碗，加點香菜和辣椒油，保管吃的你大汗淋漓通體舒泰。

衡山蒼蒼，
湘水泱泱，
吾校南遷，
適臨其彊……

這是精通易理及紫微斗數的薛老師在壁報上題的詩句。只見他筆走蛇龍，蒼勁有致。顯然湖南不愧稱之謂「魚米之鄉」，鄉民送來的一擔擔白米堆滿倉房。學校的第一件大事便是先發落人埋鍋造飯，只見李家大屋門前一字排開幾口大鐵鍋，我們看到大鍋如同吃了一顆特大號定心丸。可是煤炭呢？絕不能叫他們自動送來吧！

為了燃煤各班組成了挑煤隊，輪到的時候每人發一根扁擔，兩個籮筐，一大早往礦坑進發。礦坑距我們駐地少說也有二十多里路，去的時候踏著彎彎曲曲三尺寬的石板路，累了，在十里長亭坐下來休息，說說笑笑有點像遠足。奇怪的是煤炭就在地表層，挖起來並不費勁，也無人看守，應該說是一個「露天礦場」才對。可是日落西山回程的時候，又飢又渴，一担煤炭壓的肩膀酸痛，東倒西歪，越挑越重，回來的時候幾乎筐可見底。

學校無奈，只好採取分伙的辦法，說是分伙，其實就是「分米」，每人給你一點米叫你DIY，反正上課只是應卯而已。

一時之間，但見狼煙四起，同學們在池塘旁、牆頭邊、大樹下用三塊石頭支起小鍋做飯。所需的柴火徑自到附近民眾的稻草垛上去取，敦厚的鄉民假裝沒看見。

我與王文秀同學一組，幸運的找到一戶貧窮人家的小鍋灶，設在走道裡。該家祖孫倆相依為命，生活極為困苦。但偶爾還會送一些酸辣椒泡菜給我們吃。可想而知，斯情斯境我們是多麼的狼狽。如今，偶爾吃到酸辣椒泡菜時，我仍會懷念這對祖孫，心裡總是酸酸的。

國軍野戰醫院也設在郴縣，專門收容前方受傷的官兵，有的人傷養好了，並未立刻回到前線。反而要組成什麼康樂隊。排演話劇，聲稱將來巡迴公演等等。因為缺少女角，便向女生隊甄選。由於學校已經斷炊，女生們趨之若鶩。也有的受聘為當地小學代課老師，專教

「正音班」，他們認為我們講的國語好聽。而男生們餓急了便摸黑偷拔菜園裡的蘿蔔充餓。至於那位薛老師竟肩上揹著褡褳，逢集的日子就去擺個卦攤，可是往往等了老半天連個人毛也沒有上門，這是他失算的地方。而劉福晏為了向郭亞藩同學借了一根針沒還，三更半夜兩人大打出手。

俗話說：「吃飽了不想家！」一點也不假。有位同學肚子餓得扁扁的，身體好像沒放文件的公事包，突然一腚坐在髒地上「爹呀！娘呀！」哭得昏天搶地。

這一連串的怪事，後來被校長宋東甫先生知道了，便集合全校師生訓話。一向和和氣氣的他，不像這回板著鐵青的臉說：「流亡是人生旅途的真正開始，肥田沃土長不出根雕樹。」他嚥了兩口涶沫，接著說：「孔老夫子不是說過！『君子固窮，小人窮斯濫也……。』」他的聲音在寒冷的空氣中，透露出無限的蒼勁。

除夕夜睡不著覺，同學們有的說相聲，有的演雙簧，有的變魔術，苦中作樂。最後合唱了一首「流亡三部曲」，歌聲滄涼。想到在雲端裡過的日子已遠，吃一望二眼觀三的年夜飯不再，不儘悲從中來，女生們哭作一團。

大家都知道，蝗蟲肆虐也是一塊莊稼一塊莊稼地吃，我們在郴縣一待就是四個多月，當地農民如何受得了。校長於是領著老師和各班代表前往長沙，向湖南省政府請願，請願的結果，把我們撥配到永興縣，同時也帶來美國教會的救濟衣物及奶粉。大桶的奶粉不知是過期或受潮，變得堅硬如石，我們也無開水沖泡，便拿來啃著吃，別有一番滋味。至於衣物，我卻分到了一件童裝。

郴縣到永興縣不下數十公里，難免又是長途跋涉，我們各自揹著行李，步履蹣跚。再加上學校分給每人一本《四庫全書》叫我們攜帶，這本書比磚頭還厚，一路上扛著也不是，拿著也不妥。怪不得古人說：「書中自有黃金屋」，掂掂這本鉅著的斤兩，簡直與黃金沒有兩樣嘛！

在永興沒住多久，前方傳來消息：「中共已經渡江，佔領南京、上海。」我們如驚弓之鳥，連夜趕往西風渡，搭車前往廣州。

抵達廣州，住在「中山堂」的廊簷下，中山堂巍峨壯觀，單是紅色樑柱兩個人也抱不過來。可是我們這群「喪家之犬」只能來回地看著川流的人，卻無緣進入瞻仰一代偉人遺跡。因為我們屢遭管理人員驅趕，並大吼大叫：「你們如果進來的話，不是誠心要砸我的飯碗嗎？」緊接著大手一揮：「去！去！去！不要在這裡閒扯蛋！」我聽了肚子氣得生疼，恨得牙根癢癢的。

雖然大半個中國已是烽火連天，赤焰遍地，但廣州仍是燈紅酒綠，一片太平景象。從四面八方匯集的流亡學生，佔據了車站、碼頭、公園、廣場。閒來無事便搭乘「免費公車」到處遊盪，或跳到黃埔江裡戲水。

王文秀同學瘦得像個衣裳架子，頭髮顯得特別長，有一天兩人相約到一家簡陋的理髮店剃頭，講好了價錢，才敢坐上理髮椅子。那個時候沒有電扇，只見一個小徒弟來回拉動一根懸空的繩子，驅動吊在屋樑上的厚重大布幔，為客人搧涼，新鮮有趣。

剛剃完頭進來一位警察，得知我們來自北方，甚是親切，原來他也是北方人。只見他向老闆嘀咕幾句，又摸摸我們青光發亮的頭，老闆剃頭錢一個子也沒跟我們要。我好奇地幫小徒弟拉了一會兒風扇，連句「言身寸」的話都沒說便離開了。

過不幾日適逢端午節，那位警察先生又拎著一串粽子到中山堂來，他在一旁看我們大口大口吃粽子時，不知何故眼裡泛著淚光。我們並不知他的駐地，可是，後來在街上遛達的時候，碰巧看到他頭戴鋼盔身著制服挎著手槍在一個機關門前站崗，我倆驅前和他閒聊幾句便離開了。走了好長一段路再回頭看時，他還向我們頻頻揮手。

後來我們住進五三小學，適逢學校放暑假，睡在他們的課桌椅上，倒也舒坦。

五三小學對面就是電影院，怎奈無錢買票，心裡總是癢癢的。有一天兩個同學想白看電影，硬是撞了進去，卻被幾個小混混手拿棗木齊眉棍打了出來。只打得頭破血流，對方嘴裡還不停的大罵：「刁你老母法海！」

訓導主任孫守唐先生聞訊帶了幾位老師急急趕來，看他的樣子，簡直氣到五官都變了形。一面著人包紮急救，一面訓斥兩位同學說：「連狗都怕廣東人，你們好大的膽子！」

只見其中一名小混混一個箭步向前，抓住孫主任的脖領子，厲聲厲色地說：「你怎麼說話還帶刺？」卻見孫主任不慌不忙借力使力，輕輕一個過肩摔，把對方摺倒在地。環顧一下四週的人群斬釘截鐵地說：「你可問問大家呀！誰不知道『狗怕老廣，老廣怕饅頭，饅頭怕山東人！』如果你自以為了不起，你就頭朝下走兩步給我瞧瞧。」他一口氣說完，而且說得好像義正辭嚴，連一向講話憋得臉紅口吃的的毛病也沒有了，逗得眾人一陣大笑。對方看他似是高手，一時之間愣在當場，汗珠子一滴滴往下淌。

當大船進港的那幾天，濟南聯中、烟台聯中的師生們齊聚碼頭。只見萬頭鑽動，再加上署名陸軍總司令孫立人「從軍樂」的傳單到處分發，好不熱鬧！在人群中我還碰到小學時候的趙老師和師母，為了逃難也做了流亡學生。趙老師對我說：「我們到了台灣還不是要當兵！」我低頭看看腳指頭露在外面的鞋子想到「破襪、破鞋、破軍裝，一連沒有三根槍」的丘八，也不會比我現在這個熊樣子好到那裡去，不覺有些茫然。

終於我們搭上一艘運輸艦，排排坐在甲板上，搖搖晃晃，船上沒有飲水，再加上太陽很毒，晒得頭皮發麻，每個人都拉著臉，沒有一絲笑容。偶爾聽到有人竊竊私語：「我們上了賊船啦！」我的心一直往下沉。什麼碧海、藍天、白雲，也無法瀏覽，那只不過是詩人的玩藝罷了。

經過一天一夜的折騰，萬萬沒料到我們來到的不是台灣，竟然是澎湖。下了船，港邊的小販紛紛挑著香蕉向我們兜售，沒有錢也可以拿棉絮來換。他們說：「澎湖沒有冬天，棉被用不著！」由於我在船上滴水未進，餓得眼睛直冒金星子，也只好搬出僅有的家當——一床棉花套，換串香蕉來吃。我聽別人說香蕉怎麼好吃！怎麼好吃！我怎麼吃著覺得澀巴巴的！原來我不知道要剝皮。不過，使我納悶的是：澎湖既然無冬天，他們要棉絮做什麼？

接著來了一群大兵，把我們引導至澎湖防衛司令部。二話不說，分別強行編入陸軍第三十九師X團X營X連X排X班。原來這就是把我們隔離在外島的原因吧！

同學們漸漸冷靜下來，忽然有一種陷進流沙的無力感，整個心都涼了。想到歷經千辛萬苦飄洋過海的目的何在？不由令人捏一把冷汗。於是，年長的蠱惑年幼的同學去找老師、見校長。大家似乎有了默契，只消一個眼神，一個手勢，便紛紛提著行李蜂湧至防衛部大院。營區的官兵見此情景，如臨大敵。緊急號一吹，剎那間都端著槍，明晃晃亮堂堂上著刺刀衝了出來，把學生團團圍住。再看看營房四周，二樓上每個窗口已然架好了機槍，槍口斜斜瞄準一群學生，整個大院呈現一股肅殺之氣。從來沒見過大陣仗的我們，血液「霍」地凝結不動了，嚇得連大氣都不敢喘一下，彼此就這樣僵持著，時間一分一秒地過去。

也不知過了多久，一群軍官簇擁著一位光著頭跛著腳拄著拐杖的彪形大漢，出現在大眾面前，想必他就是大官了。果見他停住腳步，氣得臉盤紫成一副大豬肺，佈滿血絲的眼珠子一瞪，如獅子般的大聲吼叫：「是誰叫你們來的？是誰叫你們來得呀？難道是我叫你們來的嗎？」話聲甫落，只見兩個發了瘋似的士兵刺刀一揚，分別向兩位同學刺去，只聽「唉呀」一聲慘叫，便摔倒在地，撕心裂肝的哀嚎，像死狗一樣地被拖走，鮮血流了一地。同學們都蹲了下來，面孔白煞煞，好像一群待宰的羔羊。我那汗毛根根都豎了起來，嘴裡哆哆嗦嗦不停地唸著：「哈利路亞！阿彌陀佛！般若波羅蜜！」

原來剛才那位彪形大漢不是別人，就是澎湖防衛司令官李振清。李振清是一介武夫，草莽英雄，對日抗戰期間憑著「愚忠」，獲得蔣委員長的信任，後任第四十軍軍長。據說：安陽包圍戰他都是赤著背，兩手各提一把手槍督陣，嘴裡不停地吼叫：「他奶奶的！誰敢給俺撤退！俺就槍斃誰！」後來中共果然攻打安陽四十天，城池固若金湯，只好轉移陣地，還封他一個綽號——李拐子。

這下可好了，李拐子的老幹部個個威風八面，專找那些年齡較大看起來有點流裡流氣的同學開刀，把他們編入「新生隊」。

只見遠遠一個槍兵手往我這邊一指，喝道：「你出列！到新生隊那邊去！」我登時不覺「颼」的一聲魂從頂門出竅了，兩隻腳好像被釘子釘住。正猶豫間，突聽「撲通」一聲，那名槍兵已端起槍托搗向身後的傻大個張永祥，好在不是我。

那些被編入新生隊的同學，全部關進一棟房子裡，只見每天下午放風時帶隊出來跑步。據說：誰要被他們瞧著不順眼，便用麻袋裝起來，夜間丟到海裡去。至於新生隊的同學是否會獲得「新生」，從來沒有人敢提起，我也再沒見過傻大個。

儘管如此，澎防部的官員們並沒有因此善罷干休，反而變本加利。他們認為：「那群學生既然誤撞咱們的地盤，當然要聽咱們的，這種「天上掉下來的禮物」，總比一個一個的抓兵強得太多了，即使招募散兵游勇也沒有這麼容易。因此，嚴密監控，每天開會抓匪諜，弄得人心惶惶。

有一天夜裡李拐子翻來覆去睡不著覺，心裡想著：俺一向的行事原則不外乎：「大河有水小河滿，大河無水小河乾。」這批學生不是要找他們的校長嗎？咱就叫他大河無水，看你們乾涸了的小河如何興風作浪？於是心隨念轉，驟然下令：「張敏之等兩位校長和張永祥等五名學生給俺拖出去槍斃！就說他們是『匪諜頭目』。」

旋即報請時任東南綏靖行政長官的陳誠批交台灣省保安司令部審決，於卅八年十二月十一日執行槍決。

人命何價？天理何在？[註]澎湖的風沙依然凜烈，讓人睜不開眼。凹凸不平泛黃的古佬石透著幾許滄桑，這裡好像什麼都沒發生過。

從此，流亡學生這個名詞便走入歷史，我們這群黃毛小子只有「死心塌地」「無怨無悔」地當起了小兵……大兵……老兵。

註：本案已於八十五年立法院通過「戒嚴時期不當政治審叛補償條例草案」獲得平反。

抗日游擊隊

乾隆皇帝下江南，給徐州下了八個字的註腳：「窮山惡水，潑婦刁民。」

當地人每每提及，難免覺得懊惱，認為無法接受。若說「窮山惡水」倒還罷了，因為那是自然景觀，是人力無法改變的事實。至於「潑婦刁民」，倒是侮辱咱們徐州老鄉。

不過徐州人有一個特點，你對他好，他對你更好，不惜挖肝掏肺。你對他壞，他也許會對你更壞，雖不至於落井下石，但起碼把你看作「瘟疫」一般，敬而遠之。因為他們深知「人善被人欺，馬善被人騎」的滋味。

徐州自古以來是兵家必爭之地，抗日戰爭爆發，更是連年兵荒馬亂，民不聊生。老百姓的口頭禪：「不當亡國奴，先把漢奸除；不要被人欺，敵後拉游擊。」因此，家鄉青山泉偌大一個市集，不但沒有一個人當二鬼子。相反地，當游擊隊的人不少，而且竟然出了兩位游擊司令，這兩位司令是叔姪兩人。叔叔韓廣大，姪子韓治隆。

您或許聽說過：「十萬大山拉游擊」，但銅山縣境內沒有一百公尺以上的高山，藏不住人，無法建立游擊基地。如何拉游擊呢？難，實在是難。只有以白雲為帳，以大地為床，以高粱作掩護，以麥田作屏障，邊游邊擊。

誠如他們的游擊信條：「敵進我退，敵退我進，敵駐我擾，敵疲我打。」

當年拉游擊不像史書上所載：陳勝、吳廣起義，登高一呼，群雄響應。游擊隊成軍之初，而是先要招兵買馬，想當游擊隊幹部的人，都要負責投效者的食、宿問題。

一時之間，使原本熱鬧的青山泉更加熱鬧。許多人像辦喜事一樣，家門前都插一支三角小白旗，內行人一看，即知道是招募游擊隊的報名處。只要想當游擊隊員，帽沿往下一拉，頭一低，一閃身便進得門去。並非參加游擊隊是見不得人的事，畢竟這種事知道的人越少越好，多少帶著幾分神秘性。一旦被親朋好友知道了，還會另眼相看呢！

只要有人報到，總得管吃，遠道的還要管住。經濟狀況不好的人家，十天半個月下來不被這些大男人吃垮才怪。

時限一到，看誰的本領大，大約募集二十幾號人便可當名分隊長，百把人當中隊長，五、六百人便可當大隊長。這可不是做生意，做生意先投資、再回收。這是捐輸，輕則傾家蕩產，重則丟掉性命。

韓廣大、韓治隆叔姪倆原本是一系，韓治隆只不過是韓廣大司令部裡的一員大將，由於足智多謀，驍勇善戰，立下不少汗馬功勞。此次募集的人數太多，在一片平原的蘇北，立足都很困難。韓廣大看看他這位一手提攜的侄子是塊料，遂決定化整為零，由韓治隆另領一支。有些人背地裡稱韓廣大為「大司令」，韓治隆為「小司令」。

其實，大司令的部隊不過一千餘眾，小司令的人數越募越多，再加上「學生隊」，竟有兩千多人。這兩股勢力糾結在一起，倒成了日本鬼子的剋星。

游擊隊員沒有薪餉，他們的零用錢都是由自己家中供應。糧草補給雖然取之於民，但民眾毫無怨言。原因是當時老百姓受盡日本鬼子的欺凌與宰割，如同俎上肉。中央軍又遠在大後方，戰區的民眾好似一群無依的孤兒，已經到了叫天天不應，呼地地不靈的悲慘境況。

游擊隊員的訓練不但嚴格，而且速成。他們聘請中央軍的離職幹部當教官，沒有立正、稍息、報數那一套。他們第一天教的就是臥倒、裝子彈、舉槍、瞄準、扣板機……。然後再教投擲手榴彈。不像一般的軍事教育都有一定的修業期限，他們則是一面學習，一面打仗，真可謂實戰經驗豐富。

最重要的一項訓練就是劈刺，他們要求「快、忍、狠、準」。當敵人喊「殺」的時候，他們的刺刀已經刺入敵人的心臟，快得令人目不暇給，因為他們強調「第一擊」的重要性。

至於為什麼要「忍」呢？忍就是要等到最有利的時機，即使在地上裝死，為的要伺機與敵人放手一搏。況且，抗戰期間子彈缺乏，往往與敵人形成巷戰，近身肉搏在所難免，在這方面日本鬼子曾經一度吃了很大的虧。

游擊隊一律穿著灰色軍服，即一般所謂的「灰老鼠」，他們倡導學習老鼠的打洞精神，養成能吃粗、會走路的習性。

游擊區的治安良好是一大特色，首先是他們的紀律嚴明，信賞必罰。再則，他們負起地方上的司法功能與警察職權，凡是抓到販售煙土（鴉片）的人，便在販毒者門前處死。是日，街坊鄰居紛紛走告，為了爭看槍斃人，擠得水洩不通。販毒者五花大綁跪在自家門前，三槍斃命，看似殘忍，倒也能立竿見影，發揮嚇阻作用。

有一回，一個偷牛賊五花大綁，由兩名游擊隊槍兵押著往東門外走，聽說要去看槍斃，我們一群小孩子跟在後邊湊熱鬧。不一會，韓治隆的大侄子韓盛昌匆匆趕來，氣喘吁吁地高聲喊：「槍下留人！槍下留人！」據說偷牛賊家有老母，無人奉養，韓盛昌向司令講情，網開一面，可免一死。可是，終究晚了一步，那兩名槍兵已經折返回來，待我們趕上去看時，血流滿地，人爬了幾十公尺才死掉。

記得還有一樁，有一位婦人不守婦道，和別的男人睡覺，甚至慫恿親生女兒也和這個男人睡覺。她的同宗侄子是游擊隊員，覺得敗壞門風，經報請司令核准，便親自清理門戶。天還沒亮，就把這位婦人拖出去槍斃了，鄰居們都說：「活該！」

當時，在那個沒有法治的社會，游擊隊自充「生死判官」的作風，不知對或不對？不過，在中央軍鞭長莫及的淪陷區，小老百姓只有自力救濟，自求多福。

游擊隊的活動地盤相約成習，互不侵犯，即以青山泉以東以北為韓廣大勢力範圍，以南以西為韓治隆勢力範圍。話雖如此，但西邊只能到藺山，因為微山湖一帶都是銅山縣另一支游擊隊耿聾子（耿繼勳）的地盤。這麼說來，一個小小的縣裡竟有三支游擊隊伍鼎足而立，可以說佈下天羅地網，滴水不漏。

日本鬼子對於這些游擊隊也曾下過一番清剿工夫，只是游擊隊在那裡？他們是盲人騎馬，一概不知。況且游擊隊採取賽諸葛的「蚊子戰術」，打了就走，頗令日軍頭痛。

賽諸葛的本名叫韓珠如，不是外人，是韓廣大的侄子，韓治隆的堂兄，早年追隨國父孫中山先生革命，精通孫子兵法。被大司令任命為「參謀長」，小司令任命為「政治部主任」。因此，經常游走於兩個司令部之間，做些聯絡協調的工作，才使得兩個司令部配合得天衣無縫。即如你聲東，我擊西；你襲擾，我破壞；你打伏擊，我打突擊。尤其是他那「打得贏就打，打不贏就走」，「你到我家來，我到你家去」的游擊戰術，弄得日軍暈頭轉向，簡直如同丈二和尚——摸不著頭腦。

韓珠如參加過革命軍，算是正科出身，兩位司令均予倚重。他也能夠不孚眾望，適時提出至當的作戰方案。並研擬秋毫無犯的法條，飭令所屬，切實做到「不擾民，不賒欠」。因此，老百姓簞食壺漿以迎之，並心甘情願地為他們做宣傳，做情報。

當初韓珠如主張成立學生隊，遭受到許多人反對，認為游擊隊又不是收容所、難民營，有了學生隊豈不增加一層累贅，只會給游擊隊帶來麻煩。實際上，這些學生都是半樁小子，知道以家國為重，行軍放哨不用操心，打起仗來毫不含糊。而且在平常的日子裡，他們依舊接受隨隊補習教育。

游擊隊的口令非常通俗，如果咬文嚼字，這些莊稼漢子出身的隊員，都傻了眼。況且為了避人耳目，還要逐日更換，更會使他們氣結，因為不知道口令的人，縱然是司令，也不能超越雷池一步。記得有一則口令是這樣的：

問：「口令？」

答：「老百姓；」

問：「幹什麼的？」
答：「不一定；」
問：「你怎麼臉焦黃？」
答：「害黃病。」

一個村子裡出了兩支游擊隊伍，那麼游擊隊員一定人滿為患了？相反地，根本見不到人。即使看到也不過一兩位而已，斷不會成群結隊在街上逗留，套句宗教上的話說：「他們無所在，無所不在。」

由於游擊隊這種虛虛實實、撲朔迷離的戰術思想，頗令日軍頭痛。如派遣大隊人馬清鄉，又無處可清。否則，如影隨形，不勝其擾，而且一個不留神，人員、馬匹便遭了殃。至於到了抗戰末期，日本鬼子只是躲在徐州城內，變成了縮頭烏龜。

俗話說：「螳螂捕蟬黃雀在後」，彷彿是蟬怕螳螂，螳螂怕黃雀，這是達爾文「物競天擇」的進化論，不如此不足以保持生態平衡。但應用於人類又如何呢？且看：日本鬼子來了，中央軍走了；中央軍來了，游擊隊走了；游擊隊來了，紅鬍子（土匪）走了；紅鬍子來了，老百姓走了。其中值得注意的是，紅鬍子為什麼不怕中央軍而怕游擊隊？想必是游擊隊能「以其人之道還治其人之身。」

民國三十四年抗戰勝利，政府復員，游擊隊功成身退，陸續予以收編。願意回家種田的人准予回家，不願回家的人編入中央軍，幹部比照敘階，仍可帶領自己的部隊。大司令韓廣大退休了，小司令韓治隆任命為「團長」，西區的游擊司令耿繼動派任「銅山縣縣長」，參謀長兼政治部主任韓珠如當上「銅山縣立中學訓導主任」。這位賽諸葛並著有膾炙人口的兩本書——《我們的游擊戰》、《我們的政治工作》，忠實地記述著農村青年與日軍周旋的血淚史實。

寫到這裡，眼前彷彿出現當年游擊健兒們意氣風發的英姿，耳邊彷彿響起他們雄壯嘹亮的《游擊隊進行曲》：

我們是游擊英雄！
我們是游擊英雄！
有滿腔的熱血，
作民族的先鋒……。

陰陽眼

我雖然沒見過鬼是什麼樣子，但我卻認識一位陰陽眼——鄭仕佳先生。

我在某某部隊擔任副中隊長時，鄭仕佳是一位士官長，管理軍械，負責補給，辦理伙食都是一把能手。三十八年撤退來台，他是一位「無職軍官」，因為錯過辦理登記，只好擔任士官長，大家並不因為他的職務低下而對他不敬。因為他的人品好，沉默寡言，又多少帶點神秘感，令人莫測高深。

鄭仕佳是廣東人，俗話說：「饅頭怕狗，狗怕老廣，老廣怕饅頭，饅頭怕山東人。」一點都不錯。只要是天上飛的，地下跑的，水裡游的，鄭仕佳都吃，也喜歡喝兩盅。

有一個夜晚，他在補給室裡生一個小火爐，燉了一個火鍋，正要吃的時候，剛好任金榜隊長與我趕到。在他堅邀之下，任隊長與我也就不客氣地坐下來，邊吃邊聊。當我獲知那個火鍋是「龍虎鬥」，就是貓肉與蛇肉燉在一起時，頭皮發麻，倒胃口，不敢吃，只有陪著喝酒的份。

聊著，聊著，鄭仕佳說他前幾天看見「李老實」笑瞇瞇地，挑著兩個籮筐來補給室裡打米。當時任隊長和我一驚，因為李老實是隊上不久前意外死亡的一位炊事兵。經我們再三追問之下，他才不得不承認他是「陰陽眼」。

任隊長說：「你既是陰陽眼，你可知道上次我在太武山夜間查哨的時候，為什麼看到兩個鬼從身邊擦過都沒有頭？簡直把我嚇死了！」

「鬼也怕人看見。」鄭仕佳喝了一口酒說：「如果迫不得已，狹路相逢，他會儘量不讓你見到他的真面目。

接著，鄭仕佳講述他的陰陽眼故事：

小時候，我和一般孩子並無兩樣，只是九歲那年生場大病，竟然「死去」。家裡的人就要把我埋掉，可是父親見我的「小雞雞」還是翹的，於是把我放在堂屋的草席上靜觀其變。

我只覺得悠悠乎乎在一根獨木橋上行走，橋下有許多人吶喊、狂叫，並紛紛伸出手臂來抓我的腿，我心裡很害怕，便拼命往前跑，一口氣跑到家門口。突然被一個東西絆倒，撿起一看，原來是一隻射死的小鳥，箭還插在脖子上，流著血，剎時間我便「復活了」。從那個時候起，不但有著一種異於常人的秉賦，我還能看到鬼。

在農村大家都是早睡早起，因此，父親天不亮便起床，我也跟著起來，父親起床後忙著餵牲口，我則坐在門口石階上打盹，或者牽著牛到池塘邊喝水。自那時起，每天早上我就看見有一個人在池塘裡洗澡，而且一直洗，一直洗，好像永遠洗不完似的。我把這件事告訴父親，父親說：「小孩子不要亂講話。」

我因為是和父親睡在一起，半夜裡總覺得有一個小孩上床靠著我睡，這個小孩原來就是死去的堂弟。我害怕地告訴父親，父親便把我推到床裡邊睡。可是堂弟還是跟著我往裡邊擠，非要和我在一起睡不可。不過，奇怪的是，只要堂弟一靠近我，我的身體、四肢就會麻痺，不能動彈。

長大以後當了兵膽子也大了，覺得鬼其實也和人一模一樣，一般高矮，一般胖瘦。只是皮膚較黑，如果說像「非洲黑人」並不為過，只是因為他們死亡的年代不同，所穿的衣服多為古裝，有些是白色。

鬼並不是晚上才出現，白天也能看到，而且他們也會上下樓梯，搭乘公共汽車。有次我曾看到一男一女兩個鬼身著長長白衣，衣袂飄飄，在趕公車。我雖然不怕他們，但往往他們從東邊來了，我便自動的往西邊走去。有時他們從路這邊走，我便往路那邊走，儘量不和他們碰面，去招惹他們，這不正符合咱們中國老祖宗所說的「敬鬼神而遠之」嗎！

部隊移防，常常派我充當先遣部隊，擔任「號房子」的工作，有的時候一進門就看到一個鬼坐在坑頭上，用滴溜溜的兩顆白眼珠看著我，我就對同事說：「這間房子有點邪門，不能住。」只好退了出來。

有一天晚上，幾個排長相約去看電影，上演沒多久，我突然看到銀幕前有幾個「人影」走來走去，我問同事們有沒有看到銀幕前面的人，他們都說：「沒有」。我說：「這場電影不能看了，我們走吧！」他們半信半疑跟我出來。不久，那家戲院竟然失火，燒得片瓦無存，還燒死了一些觀眾。

部隊駐紮昆明期間，日本軍機幾乎天天來轟炸，自從大家知道我有「預卜先知」的潛能之後，每天晚上，軍事情報單位便有人來找我，要我觀看天象。我如果看到東方一片火光從天而下，此即意味著明天日軍要轟炸城東，他們便通知那裡的老百姓趕快疏散。第二天日軍果然轟炸城東，屢試不爽。因此，也救了不少人的生命財產。

有時，憲兵約我去抓敵偽地下電台，我隨著他們走著、走著，老遠就聽到「的嗒……的的嗒嗒……」的發報聲，自然是手到擒來。

我們住的那家房東，認為我有通天本領，有一天關上房門悄悄問我：「鄭大仙人！在這兵荒馬亂的年月裡，做什麼生意最好？」我當時靈光一閃，也就是現代人所說的「第六感」

告訴他：「做棺材生意最好！」他聽了我的話，不久，果然發了財。

軍事情報單位王秘書告訴我：「恭喜你！美國一家學術機構，已經正式來函邀請你，參與〈靈魂學〉研究工作，等戰爭一結束就來接你過去，你心裡先有個底。」

可是，戰爭要打到什麼時候，沒有人知道。

有一天，營長對我說：「城裡有一個黃姓大戶人家（姑且叫他黃大戶），請我們兩個吃飯。」我想拒絕，營長說：「不知好歹！」於是我便跟去了。酒足飯飽之後，黃大戶希望我能為他家「驅鬼避邪」。

原因是昨夜他太太上吊，後來雖被救活，但聽他太太說：「有幾個鬼整夜纏住我，並且說：『人活著多麼沒意思，不如死掉算了』，還幫我結繩套呢！我才做出糊塗事來。大仙！你要救救我，大仙！大仙！」說著，說著，竟然跪了下去。黃大戶也在一旁大仙！大仙！苦苦哀求。

這位一臉橫肉，平時喜歡整人，被大家背地裡叫「賽鍾馗」的營長大人，拍拍我的肩膀和顏悅色地說：「鄭排長！留下來！替老百姓除害是咱們軍人的天職。」我說：「你是賽鍾馗，捉鬼你在行！」他沒有生氣，只是笑笑，擺擺手走了。

俗語說：「吃人的嘴軟，拿人的手短。」何況我當時只是二十啷噹歲，血氣方剛，又被人家大仙！大仙！地叫，叫的渾身不自在，我只好心不甘情不願硬著頭皮留下來。我雖然能看到鬼，天曉得，要說捉鬼，這是從何說起，也不知道如何驅鬼。

天漸漸黑下來了，我心裡著實也在發毛，於是叫黃大戶陪我睡在那間「鬼屋」裡。為了壯膽，我用硃砂寫了一個正大光明的「正」字，貼在屋外的門樑上。屋裡點了一盞煤油燈，心裡想：「兩個大男人睡在一張床上，有什麼好怕的？」

過不了多久，黃大戶已開始打呼，而我一向有著認床的習慣，翻來覆去睡不著覺。約莫到了半夜，四處靜寂，只聽一陣「劈哩啪啦」的腳步聲由遠而近，最後竟上了門口的台階，只聽「咿！咿！」了幾聲就走了，如此三番兩次不得其門而入。我心裡想：「也許是那硃砂『正』字把他們鎮住了，這畢竟不是釜底抽薪的辦法。」於是一不做，二不休，乾脆下床去把那張「正」字撕下來。

等我回到床上剛剛睡好，腳步聲又來了，一眨眼的工夫，門也沒有開，突然閃進來五男一女，女的手裡還領著一個小孩，他們都是古代裝束打扮，面孔發黑，目光有神。當時我心頭一驚，急忙坐起，用力猛推身邊的黃大戶，可是怎麼推也推不醒。只見那一群鬼遠遠瞪著我看，又值深夜，雖然我經常見到鬼，但像這樣短兵相接，還是頭一遭，全身都起雞皮疙瘩，甚至腿肚子轉筋，打起牙巴骨來，差一點沒喊：「救命！」不過，我仍力持鎮定。看著，看著，他們徐徐向床邊走近，當走到距我約莫五呎的距離時，便停了下來。緊接著各自扯住衣服的下擺搖擺，而我的身體也隨著他們搖擺的節奏由腳往頭逐漸僵硬起來。我發覺大勢不妙，心裡想：如果我的腦袋瓜子也僵硬了，那不是整個人就嗚乎哀哉！不由大吼一聲：「幹什麼！」果然他們都停了下來，我的血液就如同觸電一般，由上而下緩和下來，手腳也能動彈了。

此時，我顯然已把他們震懾住，佔了上風，為了乘勝追擊，緊接著便大聲罵道：「吊你老母法海！你們這群惡鬼，為什麼專門害人？難道就不怕下十八層地獄嗎？如果再這樣的話，我就咬破舌尖，噴你們一頭鮮血；光著屁股，灑你們一身尿！」俗話說：「鬼怕惡人」，一點也不假，他們被我一驚，竟然縮頭縮尾，面面相窺。

時間一分一秒的過去，如此僵持約莫十多分鐘，在我的感覺好像已過了十年，我心裡一直發毛。正當不知如何是好之際，突聽右邊一位老者以低沉沙啞的聲音說話了：「我們也不是誠心要害人，只因當年我們全家人被日軍飛機炸死，屍體埋在門前的古井裡，做了冤死鬼。既享受不到烟火，也享受不到祭祀，成了餓死鬼，不得已，才出此下策。」

「果然是人爭一口氣，佛爭一柱香！」他們聽我這樣說，似乎有些難為情，齜牙咧嘴地在笑，有些猙獰。我的臉不由轉向別處，自找台階地說道：「既是如此，我就叫黃大戶在他們的祖先牌位旁替你們設一個牌位如何？但不知牌位上要如何書寫？」

「湘西梁氏家族之神位。」

「行！」我一拍胸脯：「這件事包在我身上，明天就叫他們辦！」

此話一出，五鬼齊齊跪倒在地，向我千恩萬謝。只有那個小孩子站在那裡，眼睛滴滴溜溜地打轉。

民國三十八年大陸撤退，部隊輾轉來到基隆。有一天，一位船家朋友在飯店請我吃飯，吃著吃著眼睛一直流淚，我問那位朋友：「以前這裡是做什麼的？」朋友回答：是「亂葬岡。」自那以後我就很少看見鬼。

我在基隆是一個人住在海邊碉堡裡，不料，有一天出外值勤回到碉堡，看到堡內異常整潔。床舖整理過了，被子摺疊好了，地也清掃過了，我只覺得有些納悶。何況依我目前僅是一個士官長的身份，根本不可能有勤務兵使喚。到晚上睡覺時果然應驗了，因為一躺下去身體又變得麻痺起來，下意識地以為身邊又有了鬼。果不其然，向旁邊一靠，就好像碰到一個人體的感覺，而且是個大人。我並不以為意，因為我已經習以為常了。

有一天晚上，我喝了點酒，躺在床上，仍然和往常一樣直挺挺地躺著，心裡想：人既然把我看作是人，鬼又把我當成鬼，他們只是想親近我而已，並無惡意。我為什麼這麼想不開，自己嚇自己，於是心隨念轉，猛然睜開眼睛，藉著射孔照進來的月光一瞧，原來是一位漂亮的，長髮披肩的女鬼正眯著眼睛對我笑，我渾身就像觸了電似的，打了一個寒顫。全身上下突然變得靈活起來，便問：

「妳是誰？」

「趙三妹子。」聲音嬌柔。

「妳是人是鬼？」我明知故問。

「是鬼，怎麼樣？你怕啦？」她說時顯出無限嬌柔，萬般嫵媚。

「怕，誰說我怕！不過我聽說鬼是冰冷的，讓我摸摸妳的手看看。」

她露出蓮藕般的手臂，伸出纖纖玉指，輕輕地握住我的手，我覺得溫溫柔柔的，於是說：「聽說鬼是冰冷的，妳的手怎麼是熱的？」

「那是由於反射作用呀！因為你們人的體溫是熱的，所以反射到我們鬼的身上也是熱的。」

一夜沒睡，聊到她的身世，聊到她的遭遇。當談到她當年冤死的情形時，雖然已過了一百三十多年，她依然傷心落淚，我也跟著嘆氣。

自此，我們便形同夫妻，過著一段恩愛甜蜜的生活，直到我調離基隆。

史老師

最近來了一位新鄰居，住在我家的斜對面。每天都是大門深鎖，窗簾遮得密不通風。夜晚，僅袛從窗戶的邊隙露出一點燈光。

有一天，探頭探腦出現一位老先生，推出一輛舊單車。年紀約七十多歲，平頭，體態臃腫，腰微微彎曲，走起路來腳掌不太敢著地，有點像腳底長雞眼的樣子。但見人仍是笑瞇瞇，好像一尊大肚子彌勒佛。

相談之下，他說他姓史，是最近退休的小學老師。問他為什麼會搬到這裡來住？他說：「千斤話白四兩唱——和太太分居。」經幾次攀談，才知道史老師還是我當年流亡學校的同學呢！

民國三十八年流亡學校最初來到澎湖，我當時只有十六歲，因為長的塊頭比較大，所以當了兵。而他則就讀「澎湖防衛司令部子弟學校」，後來遷至台灣員林，改名為「台灣省員林實驗中學」。

史老師在員林實中就讀期間，有一天晚上學生打群架。原因是冬天夜裡太冷，睡不著覺，大家起來打籃球，為了爭場地便大打出手，有位同學頭部被打得流血。當訓導主任趕到，把籃球場的電燈開關一開，大家都傻了眼，時間好像靜止一般。在眾目睽睽之下，適巧看到史老師手裡拿著一支棒球棍。便肯定是他打人，真是百口莫辯，第二天便被開除了。據他說：天地良心！人根本不是他打的，手裡的棒球棍也只是想練習打打棒球而已。混亂中，連被打的人也不知道是誰動的手。再說，流亡學校那有「開除學生」的校規？太無情了吧？想到這裡，不免覺得寒心。史老師二話沒說，拿腿就走。

原本是流亡學生的他，自此卻成為「流浪學生」。

為了吃飯問題，史老師便跑到師範大學毛遂自薦當工友。校長本來是不答應，後來同情他的遭遇，勉強叫他當一名「候補工友」。候補工友本來是要等到出缺才能安插上班，由於他無處可去，特准許他現在就來工作。只是管吃、管住而已，沒有薪水，與現在的義工差不多。史老師對於這樣的安排已很滿足，因為他從來沒想到薪水一事。

師大藝術系的黃君璧教授，國畫畫得好。見他聰明伶俐，除了鼓勵他自修上進外，還教他國畫。只可惜沒有多久，他就考上了「花蓮師範專科學校」。要不然，史老師至今也許能成為一位傑出的畫家呢！

臨行前，黃教授要送給他一幅山水畫，被他婉拒。他說：「我是上無片瓦，下無立錐，要了教授您這幅畫，往那兒掛呀！」

如果說史老師是考上花蓮師專，不如說他是免試入學，前往登記的。因為在那個日本戰敗不久，師資缺乏的年代，只要合乎培訓條件即可。

原因是在軍中的一些年幼流亡學生，利用各種管道，一再陳情、申訴：「年齡太小，不應當兵。」甚至部隊移防台灣後，大家相約，齊集台中市火車站圓環先總統　蔣公銅像前靜坐抗議。任憑警察、憲兵怎麼驅趕，也趕不走。有的人已在嚎啕大哭，呼天搶地，顯然有與銅像共存亡的決心。後來，國防部怕事態擴大，與教育部緊急會商，才准許這批流亡學生「棄武習文」。不過，凡在軍中當上軍官的人，仍留軍中發展，其餘士官、兵，一律由花蓮師專培訓一年，結業後統一分發，擔任國小教師。

像我，當時已當上了「准尉」軍官，自然沒有我的份。

史老師便趁這個機會前往花蓮師專報到。可是問題又來了，仍舊是老套，吃、住沒有著落。俗話說：「人窮智生」，他便想到「教會」。因為他常常聽到「神愛世人」的話，那麼教會絕不會見死不救吧！

牧師見了他問道：「你信不信上帝？」

他毫不猶豫地回答：「信！非常的信！信的不得了！」說完，摸摸癟下去的肚子，因為他已經三天沒吃飯了。

牧師又說：「神愛世人，願意將祂的獨生子賜給他們，使一切信祂的不至滅亡，反得永生。」接著又問：「你要永生嗎？」

「永生留給你，我只要現在能生活下去就行了。」

牧師微笑，於是安排他在教堂的樓梯間住下來。中午不但幫他帶便當，晚上還會記得幫他留飯，一年到頭從來沒有一天間斷。

他呢？則以一輛破單車代步，每天往來十餘公里路程，終於完成了為期一年的師專學業。

畢業後大家都選擇繁華的都市，或台灣西部交通便捷的城鎮任教。唯獨史老師偏偏選在花蓮，而且是在花蓮深山，過著與世隔絕，原始般的生活。也許是他對花蓮情有獨衷吧！

說那裡原始並不為過，因為全班只有一名學生，全校師生也不過六十幾人，可以稱得上是一個標準的「迷你小學」。

由於只有一名學生，可以想得到的是教起來並不費勁。別的老師都是站在黑板前臉紅脖子粗地大聲吼叫，唯獨他，簡直就像家庭教師一般，一人坐在一邊，輕聲細語講解，慢條斯理指導學生作業。如此細心教導，學生的成績自然會好。記得那名學生畢業那年，就獲頒二十四項獎品，其中還有縣長獎，教育局獎。

不過，住在那裡青山綠水，空氣新鮮的地方雖好，畢竟是在海拔兩千四百多公尺的高山上，風太大，冷嗦嗦，臉頰被風吹得紅通通。夏天尚且冷得穿夾克，冬天呢？可想而知日子要怎麼挨了！

老師們的伙食則包給原住民料理，往往遇到颱風來襲，溪水暴漲，他們就用流籠送飯，有時流籠的纜繩斷了，或者操作不靈光，老師們只好斷炊。往往那家原住民「紅標米酒」一喝，便忘了我是誰？更甭提煮飯這檔子事。在這種情形下，只好靠著生力麵、餅乾過日子。人自然也消瘦了不少，說是「仙風道骨」並不為過。當然，有時碰到「豐年祭」，也能吃到山豬肉，喝到小米酒。

有一次，教師演習會，史老師碰到了當年流亡學校的老同學，而且還是同鄉。這位同學姓張，已是桃園地區XX國民小學的校長。聽了史老師的際遇後，非常同情，認為這樣有一頓沒一頓的終究不是辦法。遂決定把他調過來，一同在桃園任教。

史老師稱這位張校長為「叔叔！」原因是張校長與他親叔叔稱兄道弟，平起平坐。而他對我則左一句「大哥！」右一句「大哥！」聽起來怪不好意思，其實，我比他小了好幾歲。由此可知，史老師謙沖為懷，見人就要矮半截。

來到桃園雖好，學校有營養午餐，吃飯問題算是解決了，可是學校沒有宿舍，到外面租房子又太貴。於是拿出看家本領來，重振「流亡學生精神！」每天等學校放學後，就將八張課桌一併，把行李往上一攤，不就解決睡覺問題了嗎！只是第二天早晨不能貪睡，否則學生到校上課，看到老師的狼狽像，那就糗大了。

有一天，夜間籃球場上有人打球，光線太強，睡不著覺，史老師便順手拿起一張報紙往臉上一蓋。一覺醒來，天已大亮，當把報紙推開就要起床時，卻瞥見分類廣告欄有一則「徵婚啟事」。而且對方也是北方人，只是離過婚而已。

「離過婚有什麼關係？」史老師心裡想：自己照照鏡子看看，既無人才，又無錢財。只要有個「五官端正，四肢健全」的女人，能做我的老婆就行。隨即用限時專送信連絡，又依徵婚啟事上的說明，跑到照相館照了正面、側面和全身照片各一張，放大寄了過去。等到相約見面時，史老師一見面前這位「天仙大美人」就是自己的太太時，以為桃花運到了，笑的嘴巴都扯到耳朵邊，自然是一拍即合。當晚，便包了一部計程車，把人接過來，請了兩桌酒，史老師算是有家室的人了。便在校外租了一間小房子，總不能讓新婚夫人一塊睡課桌吧！

婚後，算是過了一段恩恩愛愛甜甜蜜蜜的生活。

好境不常，史老師前往大陸探親，九十多歲的老母親仍然健在。眼見大陸上三個弟弟住的房子破爛不堪，而對母親的奉養卻無微不至，心裡磋磨：「我總不能忝為兄長！」於是匯給他們一些錢，三個弟弟每人蓋了一棟房子。

當匯錢的事被他太太知道後，這回不得了啦！好像天塌下來啦！經常大吵大鬧，認為他把鈔票大把大把往大陸匯，將來自己難不成要喝西北風？史老師驟然間面對這種家庭地震，就像嫩豆腐掉到灰堆裡——怎麼收拾都不對。

這只算是他們分居的導火線。

就在此時，適巧有第三者介入，說得明白一點，史太太有了男朋友。況且史老師業已退休，獲悉此事，認為家醜不能外揚，反正有著充份的時間一天到晚跟踪監視。於是乎夫妻之間的嫌隙越來越大，不如乾脆協議分居算了。

史老師目前住的這棟房子，買了後才知道是棟違章建築，因為只有地契而無房契。再至地政事務所調出「地藉圖」查看，不得了！原來前面三分之一係蓋在計劃道路上。換句話說，將來不論道路拓寬也好，拆除違建也罷，房子是拆定了。每念及此，史老師夜不安枕，食不下嚥。

我見了於心不忍，也不知道如何安慰他。後來終於想到一個兩全之計，我不是在他的房子後邊有間倉庫？是一棟兩層樓房，距他的房子只不過三公尺而已。最重要的是不但有地契、房契，當然也沒佔到什麼道路預定地。但不知道和他交換他肯不肯？要不然貼他一些錢也無所謂。我所圖的只是「方便」而已，因為我家開設一間五金行，那棟房屋就是倉庫，如能交換成，不但來往搬貨少走幾步路，而且站在店門口就可看到未來倉庫的動靜。將來如果被市公所強制拆除，也沒什麼好怕的，雖說剩下也不過巴掌大那點地，總能做個停車位吧！況且我的家在這裡已經生根了嘛！

我向史老師表明我想「以屋易屋」的意願後，他先是一愣，接著直搖頭。等到聽我說再貼他六十五萬元時，眼睛一亮，便一口答應考慮考慮。

第二天一大早，史老師便帶著他分居的太太來看房子。他太太是山東人，人長得高挑，身材健美，國語講得字正腔圓。而且，嘴巴很甜，初次見面就叫我：「李大哥！」結果，房子看不到三分鐘，甚至二樓樓梯只上到一半，他太太便說：「同意交換。」

簽約時，在代書那裡我把錢如數交付出去，史老師連碰都沒碰一下，悉數由他太太收了去。史老師還得意地指了指他太太的背影說：「她是我的銀行。」

過不多久，史老師和他太太終於橋歸橋，路歸路離婚了。史老師整天沒情沒緒，不發一語，往往晚飯沒吃就和衣躺在床上睡著了。有時半夜醒來，坐在床上發呆，腦筋一片空白，不知置身何處？而且喃喃自語：「我是秋後的螞蚱，蹦躂不了幾天了。」

史老師是一位很有才華的人，曾得了許多發明獎項，我曾看過他的〈高樓逃生設計圖〉，不但有創意，而且非常實用，並且收到內政部頒發的「感謝狀」。

對於老年人「骨質疏鬆症」的預防與治療，史老師有獨特的見解。他認為僅喝牛奶、吃小魚乾補充鈣質是不夠的。不如把吃剩的排骨或者大塊的豬骨頭晒乾後，碾碎磨成粉末，放在菜蔬中同煮，或者摻在奶粉中沖調喝下去。這才是天然食品，容易消化吸收。我曾親眼看見他在房裡用一個小機器磨豬骨頭粉的情形。

在設計方面，他用幾塊木板，不用一支鐵釘，不一會工夫，就能做一個「活動書架」。好似變魔術一般，環節牢牢相扣，拆卸自如，搬家極為方便。

此外，在釀酒技術方面，他是一把罩。可惜台灣煙酒係採公賣制度，史老師無法一展所長。可是他卻買了一套釀酒器具，帶回大陸老家，說是教導姪子如何釀酒？總不能讓史家這門絕活在他這一代失傳。

上次，史老師返鄉探親，特地為我捎來兩包「鹿角」。這種鹿角並不是麋鹿的角，而是一種海藻類植物，顏色澄黃，晶瑩剔透，鬚鬚伸展的形狀有點像鹿角的模樣。浸泡後可以用大蒜、醬酒、醋、麻油等作料拌著吃。脆脆的、滑滑的，很有嚼勁。

記得小時候在家鄉，只有在筵席上才能吃到這種涼拌菜，如今吃起來，不由重溫那種撩人的家鄉味。

俗話說：「八十才學吹鼓手。」史老師最近買了一部電腦，整天一個人關在房子裡「上網」。其實，他不吸煙，不喝酒，不打牌。原因是他認為「打牌的人是個豬，不拿來吃拿來輸」，如果再不打打電腦的話，如何排遣人生老來孤獨的歲月呢？

我看他學習使用電腦後，還增加了許多日常生活能力、溝通能力，進而懂得利用網路，找尋銀髮族醫療保健資訊，一舉數得。

歲月流轉，漸漸地史老師似乎心境平靜下來了，經常看到他手拿一本《古文觀止》在閱讀。嘴裡輕聲哼道：

是誰多事種芭蕉？
早也瀟瀟，
晚也瀟瀟。
是君心緒太無聊，
種了芭蕉，
又怨芭蕉。

不過，到了這個節骨眼，他偶爾還會向我問起：「大哥！你看我太太還會回來嗎？」

賞蓮

炎炎夏日何處去？彼此相約去賞蓮。

觀音鄉、新屋鄉係濱海鄉鎮，素有「台灣荷鄉」之美譽。只見一處處綠波，一畦畦荷香蕩漾的蓮田，蓮花漂浮在水面上，荷花挺拔佇立在池中，競相綻放，蔚為壯觀。

蓮，雖不能近玩，但荷農們便築起一處處的賞蓮台。小橋流水，曲徑通幽，使遊客們得以穿蓮台，走步道，近水、貼水、依水，陶醉在紅花豔，白花嬌的荷香中。

蓮園免費供應「蓮花茶」，透明的玻璃茶壺，中間四平八穩地躺著一朵「香水蓮花」，茶色澄黃，倒入杯中清香四溢。我們趁著爽朗的荷風，一手蓮花茶，一手蓮子凍，或站，或坐，或走，或臥，暢快無比。

園中並有專人為遊客解說蓮花生態，大凡蓮花的品種、生命史、功能等，均作詳細描述。使之成為知性與感性兼具的園區，進而也教導遊客們如何去賞蓮？

荷花之美，自古以來一直是文人墨客談不盡、畫不完的題材。

適巧平正坡先生是我們之中的一位資深畫家，為了採集畫譜，他這回有得忙了，只見一個人在池塘邊穿梭，相機快門閃個不停。一般人認為那些殘破的、不全的、捲曲的蓮花不屑一顧。然而，在他的眼中都是「上品」。他認為「無蓮不是畫」，那才是大自然的傑作，具有畫家們難以捕捉的神韻。

平先生擅長「墨荷」，僅用水墨的深淺層次便能注入蓮花、荷葉的豐富生命。王自樂將軍見此情景，特囑平先生於八十大壽開一次「畫展」。其實，王將軍的書法，真、草、隸、篆從心所欲，已臻登峰造極之境。在座的昔日袍澤們無不盼望他們能開一次「王、平二友書畫聯展」，屆時，愛好書畫的人士有眼福了。

我們常看到一些現代派畫家，把繪畫溶入生活之中。於是揮動彩筆，把蓮花繪在T恤上，這種T恤在蓮園中即可買到，讓人們穿著走。如此一來，不但清涼一夏，大街小巷還可看到一幅幅流動的蓮花美景。也有的把蓮花繪在陶瓷器皿上，送入火中淬鍊，讓蓮花在熾熱中昇華，幻化出千萬般嫵媚來。

在年畫中我們或曾看過八仙過海的何仙姑，手持蓮花站在荷葉之上，悠遊自在。彷彿那是神仙才能做到之事，因為只有神仙才能騰雲駕霧，身輕如燕。如今，在蓮花池裡竟然見到孫子政道、孫女政瑄，站在「大王蓮」上隨風搖曳。大王蓮係自巴西亞馬遜河流域引進，直徑一百公分以上，夜間開粉紅花瓣，有圓盆狀綠葉平舖水面，三天花期三度易色，花香濃郁，極其迷人。

蓮花栽種的品種以「大賀蓮」為主，觀音、新屋一帶種植面積最廣。大賀蓮花量大，花色桃紅，形狀大且高於荷葉，花季時一片花海，非常壯觀，蓮子與蓮藕都可採收。相傳自日本人大賀一郎博士，在地下泥炭層中，發現的千年古代蓮子培育而成。

台灣最早的品種應為「石蓮」，花色因為接技的原故，有紅、粉紅、白等顏色。石蓮的花朵數量較少，可製成蓮花茶，主要用來採收蓮藕，作為製作藕粉之用。

此外，我們常吃的藕就是「菜蓮」，因為菜蓮以採藕為主，無法用來製作藕粉，只能當作蔬菜食用，一般菜市場常見的蓮藕便是菜蓮。菜蓮的葉形最大，花是白色，而且數量少，蓮子也不多，只是蓮藕卻特別粗大。

我們也參觀了觀音鄉最大的「香水蓮園」，蓮花有七種顏色，繽紛多彩。此外，還有姿態優美的觀音蓮、牡丹蓮、白蓮、娃娃蓮……。

為什麼這一帶地區經營蓮園呢？據荷農說：早年桃園稻田以「瑠池」儲水灌溉，瑠池星羅棋布，數量之多為全省之冠。如果從飛機上往下看，好似一面面明鏡在閃爍，非常奇妙。

自從石門水庫建成之後，則失去調節水位的功能。且野生蓮花處處可見，才給予他們發展蓮田為精緻農業的靈感，想不到還有附加價值，帶來了不少觀光收益。

遊客名單中凡是有「蓮」或「荷」字的人，還可以享受他們的吃、喝、玩、樂免費招待。

蓮園不收門票，係靠銷售有機加工食品維持開銷。除了生產蓮藕茶、蓮藕粉、蓮子、蓮子冰之外，遊客們還可享受到「蓮花小吃」，如荷葉香飯、蓮子手卷、荷葉排骨、蓮藕脆片、蓮子沙拉等。至於愛花的人士，則可以買到剛剛採摘的蓮花、荷葉及蓮蓬。

不過，當荷農遞給我一把剪刀，要我採摘每朵十元蓮花時，我東看看西瞧瞧還是沒採。不是嫌花不夠美麗，只因為花太美了，怎能忍心讓它散枝離葉。

在親子遊戲方面，可以參加剝蓮子活動，或者挖蓮藕示範。剝下的蓮子或挖出的蓮藕，遊客可以帶回家，收費低廉。

蓮園中設有卡拉OK伴唱機，只要投下兩枚硬幣，便可盡性歡唱。一支麥克風在手，對著千萬朵蓮花唱吧！唱吧！唱出那衷情的思念的愛慕的情懷。蓮花有花神，花若有知，當會投桃報李，互訴衷腸。

古時的文人、雅士不是也喜歡詠蓮嗎？蓮園主人為了附庸風雅，以招廣徠，特在蓮園大門上寫下王維的詩句——

『山居秋暝』：
空山新雨後，
天氣晚來秋。
明月松間照，
清泉石上流。
竹喧歸浣女，
蓮動下漁舟。
隨意春芳歇，
王孫自可留。

如今，咱們不用吟的，而用唱的。在那荷風徐來，蓮花飄香的蓮園裡，嚼著蓮藕脆片、蓮藕酥餅，喝著蓮花茶，唱出了「蓮出污泥而不染」。歌聲滿蓮園，聲聲入耳。

蓮園裡有成群的白鷺鷥在翱翔，使原本靜態之美的蓮園，平添一和諧的動態秀麗，打造出一幅幅美的詩篇。原來蓮園旁有一位老人在犁田，白鷺鷥便成群結隊跟在犁子後面覓食。看到遊客走近，竟然昂首闊步，大模大樣，不加理會。

綠頭鴨在池中嬉戲，優遊自在。專找福壽螺吃，牠們可以稱得上是蓮園的環保志工。

據說：觀音、新屋一帶計有四十二座蓮園，而我們一行十二人僅只參觀其中三座，即已體會出「接天蓮葉無窮碧，映日荷花別樣紅」的意境。

時近中午，自然是少不了吃一頓「蓮花大餐」。別怪大師傅不解風情，竟忍心拿鍋取鏟來侍候「蓮」，他們只是為了把清香送入口中，讓遊客細細品味。這種蓮花大餐，也是美食與人文結合，值得一提的風味餐。

一進餐廳大門，但見菜單上寫著：

蓮花大拼盤
雙喜並蒂蓮
蓮梗炒雙脆
藕片果律蝦
翡翠蓮花池
荷園蒸鮮魚
烤鰻荷葉飯
福祿香蓮卷

蓮子半天筍
精製蓮藕糕
金碧蓮子羹
彩蓮仙子湯

僅祇看看菜單，就會令人食指大動。由此可知，古人只會賞蓮、吟詩、作對，大飽眼福。什麼「荷風送香氣，竹露滴清響。」而他們萬萬想不到，千、百年後的我們，竟然採蓮、品蓮、吃蓮，大飽口福了。

也許這是功利社會帶來的因果，因為在現代人的眼裡，蓮花根、葉、莖、花、子均可食。以這種食品入菜，清新可口，有益健康，遠非山珍海味可比。再加上王更生先生的陳年威士忌，如此美酒佳餚，相得益彰。古人是「葡萄美酒夜光杯」，我們是「蓮花美酒加冰塊」，酒不醉人人自醉，蓮不迷人人自迷了。

「世人都說神仙好！」如若叫我做那腳踏荷葉，乘風而去的何仙姑，我也要說：「且慢！且慢！等我吃完這頓蓮花大餐再說。」

我是「只羨蓮花不羨仙！」

阿桂嫂打官司

阿桂嫂二十歲那年就嫁給一位大她十多歲的軍人，軍眷生活雖然清苦，但憑她的洋裁手藝，每月仍能將節省下來的錢打了兩個會，日積月累就變成一筆不小的數目，遂將這筆錢拿來買塊地。

那時，石門水庫尚未興建，不能種稻穀，地價很賤，五萬元新台幣就買了一百多坪。過戶時，代書問要用誰的名字？她丈夫毫無考慮的脫口而出：「許阿桂！」並說：「俺比俺媳婦大那麼多歲數，等俺死啦！能留塊地給她也放心。」

阿桂嫂原本生長農家，這下有得忙了，一有空就到地裡種菜。同時，又搭起葡萄架種植葡萄，葡萄成熟時，吃不完就泡酒，生活其樂融融。

不料，有一天她去菜園，發現葡萄架那邊有幾名工人在豎鋼筋。走過去一看，嚇然發現原來是牛家在打地基蓋房子，而且越過了地界，竟然蓋到葡萄園上。阿桂嫂想找牛標理論，繞道來到他家門前。

牛標抱著胳膊擋住門口，沒等阿桂嫂開口，反身從房裡拿出一張「地藉圖」，指著兩家相連的地界說：「誰佔你的地！我還叫工人讓出一塊磚，那是防火巷，我是蓋在防火巷上，與妳無關！」

「與我無關？當初買地時測量過的，那是我的地呀！」阿桂嫂理直氣壯地說：「我要找人來拆掉。」

牛標一聽，一陣冷笑：「誰敢拆我的房子，我就敲破他的腦袋！」

不料，過了幾天，阿桂嫂卻收到一封署名「牛標」寄來的存證信函，大意說：有人目睹許阿桂夫婦於某年某月某日偷偷將界樁移入牛標院內，居心叵測云云。

明明睜眼說瞎話，阿桂嫂越想越納悶，心裡想：「移樁？難道我是吃飽了撐的？如果移樁有用處的話，那麼，大家都不用幹活了，三更半夜起來偷偷移樁不就行啦！」

她丈夫也說：「別理他！」並且安慰她：「沒做虧心事，不怕鬼叫門。」

阿桂嫂整日沒情沒緒，心裡彷彿壓了一個鉛錘，令她覺得透不過氣。

韋恩颱風來襲的前一天，阿桂嫂眼皮一直在跳，心神不寧。突聽郵差在門外叫喊：「許阿桂掛號信！」令她吃了一驚，連縫衣機的車針也弄斷了。在抽屜裡摸了一個私章，三步併作兩步往外走。

收到的卻是法院的傳票，原來牛標先前的存證信函只是警告作用，而今的傳票才是正題，他告阿桂嫂「誹謗」，屬於刑事案件。理由是許阿桂到處宣揚他們牛家蓋房子不給錢，弄得村裡的人背後指指點點，並且有人證，分明是耍無賴，倒打一耙。

善良的阿桂嫂如遭晴天霹靂打下，一接到傳票肚子就鬧革命，咕咕嚕嚕要拉稀，一再往廁所跑。想到拘提，想到過堂，阿桂嫂心裡很不是滋味。往日電視上那些戴著腳鐐、手銬，琅璫入獄受刑人的畫面，時時在腦海出現。

再看看牛標，每當他從阿桂嫂門前經過，都流露出一種人五人六的模樣，彷彿在示威：「佔妳的地怎麼樣？我還要妳好看！」

等待開庭的日子不好熬，阿桂嫂成天腦子裡嗡嗡響，盤旋著出庭受審的情景。午夜夢迴，看看身旁熟睡的丈夫，不免有些感嘆，當初登記土地所有權時，為何不提出反對？再說，如果沒買那塊地的話，丈夫在軍中有薪餉、眷糧可領，我許阿桂憑著洋裁手藝也能養活我自己。甚至懷疑世間爭權奪利的人所為何來？因為財富並不能帶來快樂。

開庭那天，阿桂嫂的丈夫特別請了一天假，兩人畏畏縮縮進了法庭，簽了到，在後排角落的長椅上坐下。抬頭一看，牛標已然大刺刺地坐在前排，蹺起二郎腿在喝可樂，彷彿地方法院就是他的家。

法官是一位約莫四十幾歲的女士，雖然扳著晚娘面孔，但卻使阿桂嫂的內心踏實些，或許同是女人的緣故。輪到問案時，阿桂嫂站在那裡低著頭，除了回答：「是！」或「不是！」之外，一言不發。與牛標侃侃而談成了強烈的對比。同時，對方帶去的證人，沒等法官問話，便搶先作證：指明阿桂嫂的確說了「牛標做工不給錢，全村人都知道」的話。

常言道：「石頭不語最宜人。」冷眼旁觀的法官閱人無數，有關「惡人先告狀」的案子辦多了，很想為阿桂嫂脫罪，一再叫她想一想有什麼證據？阿桂嫂只是搖頭。退庭後，牛標一群人坐著發財小汽車呼嘯而去，阿桂嫂夫妻仍是頂著大太陽趕公車。

有一次開庭，牛標到的較晚，法官假裝翻閱資料，藉以消除阿桂嫂的戒心，叫他把經過情形慢慢說，希望達到「問牛知馬」的目的。阿桂嫂說著說著突然冒出一句，「作證的是他們家的工人。」誰知道這句話挺管用，等牛標出庭時，法官直截了當的告訴他：「凡有契約行為者，一律不得作證。」

法官裁定：「量地。」

「量地？量什麼地？」佔地的人最怕量地，牛標顯得有些慌亂，突然站起身來當庭抗議：「她妨害名譽，罪證確鑿，就應該判刑。」

法官氣憤地用左手食指往上頂了頂兩下眼鏡說：「我量她的地總行吧！我要看看許阿桂

說的是不是實話？」接著，指著阿桂嫂說：「要不然妳就到地檢署告牛標『竊佔』。」法官的話像是被鐵錘一字一字敲出來的，震人心弦，逼得牛標不敢再吭氣。

量地當天，牛標心虛，只怕一量兩瞪眼，故而一再阻撓。並與書記官發生爭執，互指對方「不懂法律！」後來，找來警察維持秩序，測量工作才得以進行。

測量結果：牛標侵佔許阿桂的土地XX平方公尺。

法院判決：許阿桂無罪。

牛標收到判決書後一直憤憤不平，認為自己陰溝裡翻了船，很沒面子。自此，大街不走，專走小巷，深怕碰到熟人。接著花錢聘請律師上訴，希望敗部復活。

阿桂嫂很想叫他丈夫陪她到高等法院出庭應訊，可是她丈夫打電話來說：「現在是戰備期間，忙得連放屁的空都沒有。」

高等法院位於台北市總統府旁的司法大廈，氣勢巍峨壯觀。阿桂嫂天沒亮便搭火車往台北趕，心裡一直在打鼓，下了車逢人便問，一步一抬頭地向其張望，終於硬著頭皮走了進去。只見走廊上熙熙攘攘，心裡想：為什麼這麼多人愛打官司。

高等法院係三人合議庭，審判長叫牛標的律師唸狀紙，那位律師身體瘦弱，嗓門低，方言重，唸了半天聽不出所以然來，審判長不耐，便指著他問：「你們到底在告什麼？」再看看狀紙，原來是佔了別人的地，還要告別人誹謗。於是轉而以極溫和的口氣問阿桂嫂：「妳是不是被冤枉的？」

「我是被冤枉！」阿桂嫂順著竿子往上爬：「明明是我的地，剛打地基時我就給他講，他非佔不可。還說：『如果妳要給我拆除的話，我就打破妳的腦袋！』」原先見了法官好像見到閻王的她，此時此刻似乎「閻王」借給他的膽子，聲音越說越大，竟像連珠炮一般，書記官在一旁咧開大嘴邊記邊笑。

牛標的臉盤頓時紫成一副大豬肺，瞪大滿佈血絲的眼珠子，正要反駁時，不料，審判長已下了斷語：「於X月X日宣判，退庭！」

高等法院判決：上訴駁回。

阿桂嫂收到判決書，就像吃了一顆特大號定心丸，內心無比快活。漸漸地，日子仍像往常一樣，小河般的流下去。

然而，專愛打官司整人的牛標卻在想：就是往日與阿桃設計仙人跳坑了退伍老兵一棟房子這件事不提。即拿佔地來說吧！在大門對面佔了營房的大片土地還不是不了了之。管區指揮官連大氣都不敢吭一聲，否則惹起軍民糾紛，上了報，只怕官位都保不住。房子右側佔了國有財產局的道路用地又能怎麼樣？被他們發現了，每年只不過繳一丁點租金而已。當年在房子左側的公地上搭了一間養雞棚，鄉公所開闢道路時，不是也發了五萬元補償金，原來佔地還可以賺錢。至於房後佔了妳許阿桂那點地，也不過屁眼那麼大，算什麼！窮嚷嚷個什麼勁。這回沒讓妳坐成牢算妳走狗屎運，咱們騎驢看唱本——走著瞧。

政府有鑑於台灣土地係從日據時代測量迄今，地藉圖老舊不堪，加之當時測量技術原始，誤差較大，於是全面展開重測。

重測之日，牛標以為機會來了，一副假斯文的模樣，圍著測量人員團團轉。又遞烟又遞茶，極盡巴結之能事。無非想讓測量人員手下留情，使他建物下侵佔的土地，能夠合法化。說得明白一點，乾脆既不用測也不用量啦！許阿桂的土地就從牆腳跟算起。

測量人員當然不會買帳，牛標曾多次到測量隊找麻煩，往往他前腳剛進門，測量人員便從後門溜之大吉，好似躲瘟疫。須知：只要屬於土地糾紛案件，測量隊反而更加慎重處理。首先通知雙方「指界」，指界後再「仲裁」。凡經仲裁任何一方不服者，可於十五日內向法院提出告訴，但不得將仲裁者列為被告。

指界，不需要儀器，只要一把鐵錘，幾個界樁。阿桂嫂指的界址仍是老位置，也就在牛標的房子裡，約莫佔了三尺，面積有五坪左右，牛標一看，正待發作，重測人員勸他說：「你也可以指呀！」牛標心一橫，指過來少說也有十五呎，約有二十幾坪，幾乎整個葡萄園都是他的地。

仲裁會議除了地政事務所派來的高級人員外，還有鄉長、民意代表等，經過反覆討論，幾度密商，終於達成共識：以許阿桂的指界為準。由此可見，每人心裡都有一把尺。

牛標吃了癟，就像理髮的洗了頭，如今不想理都不行。遂一狀告到地檢署，狀告許阿桂兩項罪名：一、偽造文書；二、賄賂測量人員。

「偽造什麼文書？」檢察官問。

「偽造公文書。」牛標回答：「縣政府的公文上沒有署明承辦人員的名字。」

「那也不能證明公文是假的！」檢察官質疑道：你說賄賂測量人員，有誰看見了？」

牛標遲疑了一下：「有一個矮矮胖胖的人看見。」

「是誰？下次叫他出庭作證。」

檢察官看他不答腔，有點氣憤，便大聲責備說：「你有沒有良心，你知不知道公務人員收取賄賂，最重可以判死刑？」

牛標不是菜鳥，顯然不怕檢察官吼叫，反而質問：「我是原告，你怎麼不問被告的話？」

「如果我不重視這件案子，我就不會受理。」

檢察官遂決定傳喚測量人員、證人，分別予以隔離偵訊。為了慎重起見，並函請地政事務所派員測量，結果證實牛標確實佔了許阿桂的土地。

地檢署裁定：不予起訴。

牛標上訴高檢署。

高檢署裁定：駁回。

接到處分書後，阿桂嫂心中的一塊石頭總算落了地，相信公道自在人心。並備三牲、水菓到廟裡拜拜，感謝神明保佑。

律師慫恿阿桂嫂反告牛標「誣告」，她堅決不肯，認為只要設法把地要回來就行了。至於牛標的貪心，一定會受到上天懲罰，因為「人在做，天在看。」

經律師指點，首先應該向法院申請「鑑界」。

鑑界結果：以後圳土地複丈成果圖ＡＢ連接線為經界線。

打鐵趁熱，阿桂嫂收到法院鑑界通知書的第二天，便申請「拆屋還地」。

這下要玩真的了，牛標萬萬沒想到會演變成這種結局，眼前不時出現房子被拆掉一邊，露出一個大窟窿的情景，真是丟人現眼砸傢伙。於是，急中生智，叫他在軍中服役的兒子以「出征軍屬」的名義，向國防部軍法局申請「輔導訴訟」。可是，開庭之日，牛標父子倆在法庭外面來回走動，急得像熱鍋上的螞蟻，仍未見軍法局派來的人影。

法院裁定：被告牛標應將加強磚造二層樓房侵佔部分拆除，並將土地返還原告。

接下來就是申請「強制執行」。此時的許阿桂就像上了發條一般，越旋越緊，令對方沒有一點喘息的機會，原因是她到廟裡上香，抽了一支上上籤。冥冥之中，神明給予她力量。

國法不外人情，地方法院執行處仍給予牛標一個緩衝期：台端應予本命令送達之翌日起，十日內依判決主文所載內容自動履行，屆時如不履行，即依法強制執行。

牛標接到該項命令時，全身像觸了電，呆呆愣在當地，久久說不出話來。

「水尾道人！」他太太阿桃沒好氣的罵他：「這下可好！玩了一輩子的蛇，到頭來被蛇咬了。」

「妳囉嗦個什麼勁！」牛標面子沒處放，著了腦。

「法院要來拆房子，你竟嫌我囉嗦。」

「我還有一記回馬槍。」牛標死不認輸：「她怎麼給我拆，就怎麼給我恢復原狀。」

阿桃半信半疑地問：「那不是不能上訴了嗎？」

牛標叨著煙在嘴上轉來滾去，斬釘截鐵地說：「重審！只要有新證據就可提出重審。像我牛標，一向是放屁崩坑，什麼屁我沒放過，一輩子都是我栽贓給別人，叫誰倒楣誰倒楣。反正編故事嘛！我就編個故事讓許阿桂吃不完兜著走！」看來牛標豁出去了。

阿桃聽他這麼一說，手臂上舉，直呼：「阿標萬歲！」

阿桂嫂帶著法院通知書，前三天分別到管區派出所請求派員警戒，雇好拆除工人，並驅離地上停放的車輛。

執行當天，書記官來到現場，環視一週，看到一切準備就緒，圍觀的人群擠得水洩不通。見此情景，書記官怕節外生枝，採取低調處理，希望能穩住牛標的牛脾氣。便和顏悅色地對他說：「前天我已接到你提出『重審』的訴狀了，如果將來重審勝訴，我就再來執行許阿桂，叫他恢復原狀。」

牛標聽得心花怒放，暗自得意。

在一旁看熱鬧的阿通伯，十分不耐地高聲喊道：「要拆還不快點拆！看你們拆完，我還要上工哩！」

牛標對於房子被拆，雖然氣惱，但並未絕望，因為他還抱著一線希望。

「重審案可能是最後一次機會了。」牛標心裡想：「一定要把握，這回要讓許阿桂傾家蕩產我才甘心，要不然我老牛誓不為人。牛標於是恨恨列出明細表來：土地損失、房屋損失、工作損失、精神損失，再加上名譽損失，僅只這五項損失就足足讓許阿桂賠上兩千七百萬元。不過，依照民事賠償規定，要先行繳交百分之一的裁判費。

牛標繳付二十七萬元裁判費時，眉頭都沒皺一下，因為他要小魚釣大魚。每當想到如能獲得兩千七百萬元的賠償費時，連晚上睡覺都笑得合不攏嘴。

開庭那天，牛標福至心靈，死咬許阿桂的土地是他的，只是當初向一位周姓建築商購買，沒能過戶而已。法官聽了搖搖頭，直截了當的告訴他：「那是你與周姓商人之間的事，許阿桂又沒賣地給你，對吧？」說完瞄了許阿桂一眼。此時的許阿桂如同跌落在大海之中撈到一塊浮木，頓覺一股暖流流向心頭。再看看牛標，好像一枚洩了氣的皮球，越縮越小，最後一溜煙地滾出了法庭。顯然由於他提出的「新證據」不靈光，「重審駁回」是可以想見的。

阿桂嫂算巴算巴，三千多個日子過去了，不論颳風下雨，不論身在何處？只要傳票一到，都要準時出庭。好在「天公疼憨人」，這種夢魘般的日子終於結束了。

拆屋還地次日，阿桂嫂便找來幾名泥水工人，依照地界讓出五公分，築了一堵八吋厚十五呎高六十四呎長的磚牆，上書「南無阿彌陀佛」六個斗大金字，僅只造價就高達新台幣十八萬元。遠遠望去氣勢雄偉磅礴。

從此，南來北往的行人，每當經過村子的時候，遠遠就看到一堵高牆。這堵牆隔開了善良與罪惡，隔開了寬容與貪婪，成為阿桂嫂鮮明的地界。

抗戰歌聲震山嶽

中國一定強！中國一定強！
你看那民族英雄謝團長。
中國一定強！中國一定強！
你看那八百壯士孤軍奮守東戰場……。

對日抗戰是中國人永遠難忘的傷痛，道盡了生離死別無限的悲苦。我們的家園在日本軍閥鐵蹄蹂躪之下，生靈塗炭，民不聊生，過著水深火熱般的生活。

為了喚醒國魂，舒發鬱悶，地無分東西南北，人無分男女老幼，大家不約而同地都在唱「抗戰歌曲」，一時之間歌聲雷動，響徹雲霄。因而凝聚全國上下一致抵禦外侮的決心，終於戰勝了日本帝國主義。

我唱的第一首抗戰歌曲是昌俊大哥教我的，那時候他已響應「一寸山河一寸血，十萬青年十萬軍」的號召，參加「青年軍二〇二師」。有一天，穿著整齊的軍裝打著綁腿回到家裡便唱起來。我聽著新鮮有趣，要大哥教我，他拍拍我的肩頭，一口答應。於是你一句我一句，不一會就把我教會。

大哥比我大八歲，已經成年，聲音顯得低沉。我仍是一口童子音，聽起來尖銳。大嫂在一旁聽了笑著說：「你們一個粗聲，一個細調，很像『二重唱』，好好笑！」記得那是一首《抗敵歌》：

中華錦繡河山誰是主人翁？
我們四萬萬同胞，
強虜入寇逞兇暴，
快一致永久抵抗將仇報。
家可破，國須保，
身可殺，志不撓，
一心一意團結牢，
努力殺敵勢不撓……。

此後，這首歌曲竟成了我的「招牌歌」，凡是有表演的機會我都唱這首歌，也經常與小朋友三五成群到樹蔭下、園子邊唱起來。由於歌聲嘹亮，往往引來荷鋤、擔柴的鄉人圍觀，自己也洋洋得意。

有一天，老師帶著我們到游擊基地去參觀，他們表演「劈刺術」給我們看，動作俐落，整齊劃一。同時口中發出：「殺！殺！嘿！嘿！」那種堅韌與兇狠，讓我們看得目瞪口呆，連大氣都不敢喘。

操演完畢，隊伍便集攏來唱《游擊隊歌》：

我們都是神槍手，
每一顆子彈消滅一個仇敵。
我們都是飛行軍，
那怕那山高水又深。
在密密的樹林裡，
到處都安排同志們的宿營地。在那高高的山崗上，
有我們無數的好兄弟……。

游擊隊司令韓瞎子（韓廣大），一雙眼睛瞇成一條縫，深不見底，那眉毛威嚴果敢，像兩支黑白狼毫混製的大毛筆，讓人見而生畏。想不到的是，如今卻放下身段，親自打拍子，領著頭唱。

老家青山泉東門裡大孩、二孩兩兄弟也在列子裡唱得臉紅脖子粗。我舉起手中兩雙千層底布製綿鞋向他們搖了搖，那是他娘叫我帶來的，他倆見了，已然會了意，脖子伸得老長朝我擠眼。

這些鄉間質樸的農民，沒讀過什麼書，連簡單的樂譜「123」也是擀麵杖吹火——一竅不通。卻能唱得抑揚頓挫，鏗鏘有聲，真正發出了中華民族的怒吼，不得不令人刮目相看。

夏天，我最愛到白土塘浮水，浮完了水，就去採桑葉。要不然就去摘一些臭桔子，玩騎馬打仗的遊戲。

有一回，與同學蔡憲立相約去子房小河溝裡捉螃蟹，經過一間廟宇，看到裡面烏壓壓坐著一片人。原來他們是「流亡學生」正在上課。課後他們三三兩兩都在唱歌，還有一個女生的小圓眼睛鼓起兩大泡淚——他們唱的是《思鄉曲》：

月兒高掛在天上，
光明照耀四方，
在這個靜靜的深夜裡，
記起了我的故鄉。
深夜裡砲聲高漲，火光佈滿四方，

我獨自逃出了敵人手，
到處東西流浪……。

調門拉得很高，尾音拖得很長，婉轉悅耳，給人一種蒼涼的感受。聽後覺得心裡酸酸的，怪不是滋味。

我家門前有一條大街，經常過兵，有一天，一大早開門，只見滿街都是兵。後來，我家的東屋和北屋都被號房子的人號了，全家只得擠到堂屋裡去住。

這些兵既勤快又挺愛乾淨，背包一放便大揹槍把整條大街清理得乾乾淨淨，連糞堆也都整理過。碰到誰家的牆壁寬又大，宣傳員便用石灰水刷白，然後用藍顏料塗寫口號：「力量集中，意志集中」，「國家至上，民族至上」，「軍事第一，勝利第一」。這些部隊在大街整隊行進間常唱：《出發》：

槍在我們的肩膀，血在我們的胸膛，
我們來捍衛祖國，我們齊赴沙場。
統一意志，集中力量，
衝！衝破了一切惡勢力，

幹！貫徹了國父的主張。
抱定殺身成仁的決心，
發揚中華民族的榮光……。

唱完了，接著打數：「一二三四！一二三四！」當時，他們這些舉動，羨煞了多少青年，一個個滿腔熱血從軍報國，去打日本鬼子。

後來，青山泉小學教音樂課的李鵬老師也教我們唱抗戰歌曲。李老師不像那些文謅謅一板一眼的假道學。他的教學法非常活潑，往往野外就是教室，花草就是教材，非常受我們喜愛。不過，那時候故鄉已經淪陷了，李老師怕被敵傷隊聽到，都帶我們到青山上教唱歌。青山居高臨下，那怕有個風吹草動，都能一覽無遺。

在山上唱歌有回聲，我們的聲音大，回聲大，甚至放大若干倍。雖然我們只有兩百多名學生，但卻猶如猛醒的睡獅狂吼，下山的猛虎咆哮，由山谷中一波波排山倒海而來，動人心魄，驚天地泣鬼神！我們唱的歌是《睡獅》：

睡獅睡了幾千年，
蛇蟲狐鼠亂糾纏，
今天吸我血，
明天扼我咽。
大家欺我老且懦，
得寸進尺來相煎。
睡獅醒！睡獅醒！睡獅醒！
莫要偷安眠……。

李老師怕效仿隊，可是孩子們不知天高地厚，不但在操場上唱，在大街上唱，回到家裡也唱。每次放學後，我和同班的昌雪二姐邁著輕快的步伐一路唱到家。母親聽了，趕緊捂住我們的嘴說：「你們兩個行行好，不要給我闖禍了！」

過了不久，放學後我一個人仍是邊走邊唱，突然發現身後有個瘦高條子的二鬼子緊緊跟著我，我們兩人的影子一前一後在黃昏中越拉越長。我汗毛直豎，血液「霍」地凝結不動了，心涼了一大截。

此時，跑也不是，不唱也不是。於是「咕嘟」嚥了一口唾沫，改口唱母親的《催眠曲》：「誰跟我玩兒，打火蓮，火蓮花，賣甜瓜，甜瓜苦，賣豆腐……。」走著，唱著，當發覺只剩下我一個人的影子時，撒開腿就跑，一口氣跑到家，躲在母親背後，心還在「卜通、卜通」地跳。

年歲漸長，我偶爾去徐州小姑奶奶家，小姑奶奶住在徐州西關，是位典型的新潮女性。腦後一揪頭髮撅著，像戲子一樣描出細長的柳梢眉，凡事像巧手煎魚——兩面俱到。曾當選為「徐州市婦女會」主任，力倡設置「女子公共廁所」，以及「女子公共浴室」等。

小姑奶奶有個獨生子，也率先送去「從軍報國」。每次我去她家，只要多磨菇一陣子，她都拿出她兒子的照片給我看。

我告訴她：「我已經看過很多遍了。」

「這是百看不厭的呀！」她說這話時，其實心裡有點鬧著開心。

有一次我去時，只見一屋子婦女正在縫製「征衣」。她們像粘在一塊的橡皮糖，親密得不知你是你，我是我。彼此扳著脖子摟著腰唱《製寒衣》，一般人稱作《寒衣曲》：

不知道那一位健兒上戰場？上戰場？
我手裡拿著剪刀和尺，
我心裡揣著他的肥瘦短長。
啊！我拿我孩兒爸爸的衣服作樣，
我要把前幅舖得厚厚的，
好保護著我健兒的胸膛。
我要把針線縫得密密的，
前線上應是找不到縫紉的姑娘……。

其時，抗戰方殷，全國同胞抱定「犧牲已到最後關頭，只有犧牲到底的決心，同仇敵愾，一致抗日」。鬼子兵的威風也沒了，一個個像縮頭烏龜躲在城裡不敢下鄉。

曾幾何時，一首《杜鵑花》唱遍了大江南北。而且，我在柳泉車站等車，旁邊一位穿著「維持會」制服的人也在哼著《杜鵑花》的曲調。顯然日軍氣數將盡，「三月亡華」的美夢破滅了。

這首歌曲輕快活潑，深植人心，抗戰勝利後一直持續許多年，歷久不衰。現在讓我們重溫一下詞曲優美的《杜鵑花》：

淡淡的三月天，杜鵑花開在山坡上，
杜鵑花開在小溪畔，多美麗啊！
像村家的小姑娘，像村家的小姑娘。
…………。
哥哥，你打勝仗回來，
我把杜鵑花插在你的胸前，不再插在自己的頭髮上……。

看來，抗戰歌聲威震山嶽，可以媲美法國的《馬塞曲》，硬是把日本軍閥唱垮了！

卷二

鄉愁揮不去

朱家大屋

我像一尾鮭魚，在茫茫大海漂泊一生，到頭來，又從大海中拚命洄游到原來出生的淡水溪尋根。

走過千山萬水，嚐盡人情冷暖，我終於又畏畏縮縮回到闊別四十多年的蘇北老家——青山泉。萬萬沒想到老家竟然沒有了，幾百戶人家不見了，放眼望去只有一望無際的坑坑洞洞，彷彿阿姆斯壯來到月球表面，莫非老家已自地平線上消失？

怔忡間，一陣涼風拂面，使我打了一個寒顫。於是打起精神，踩著晚霞的餘暉，順著羊腸小道徐徐前行。

走著走著，猛然看到一棟高大眼熟的房屋，那不就是「朱家大屋」嗎？看到大屋，就像看到親人一般，若不是這棟似曾相識的大屋，真叫人有著不知寄身何處之感。

一位荷鋤的老農告訴我：「原先的青山泉地下有煤礦，要挖掘，只好遷村了，把整個村子向東移。」但為什麼只剩下朱家大屋沒拆遷？他沒有說。

我佇立屋前良久，那一磚一瓦一木一石都是那麼親切，那麼熟悉。恍惚間，滑過時光隧道，昔日的繁華情景重現眼前。

朱家大屋是外祖父的宅第，到底建有多少年？沒有人知道。

外祖父年輕時曾風雲一時，當過十八個莊子的董事。只要看看橫樑上懸掛的那些「政通人和」、「造福鄉梓」的匾額，就不難想像當年叱咤風雲的盛況。

大屋拾級而上，係用青石、紅磚、綠瓦砌成，屋內地面鋪設一尺見方的鋼磚，益加顯得格外整潔、明亮。與村中其他一些黑漆漆的茅草屋相比，頗有鶴立雞群之感。

屋旁種了一株「杜鵑花」，葉子呈深綠色，每當初夏來臨時，開滿一樹白色的花朵，由於葉少花繁，隨風搖曳，煞是好看。

一些鴿子棲息在大屋的廊簷下，牠們來去自由，往往成群結隊飛落屋前覓食、喝水，也不怕人，不時發出「咕咕」的聲音，給朱家帶來一片祥和。

每逢元宵節，大屋前掛起了「跑馬燈」，有八仙過海、唐僧取經……。我快活得像一隻跳躍的麻雀，一會看跑馬燈，一會看手裡捧的麵燈，嘴裡反覆的唱道：「麵糊麵糊燈，老爺奶奶嗑花生。」心裡巴不得麵糊燈裡的油早點燃盡，好把麵燈吃掉。

有人說：「樹大招風」，對大屋來說卻是「屋大搶眼」。在那兵荒馬亂的年代裡，不論是中央軍、效仿隊、游擊隊進村後，第一個「號房子」號中的就是朱家大屋。只見一排排的衛兵，明晃晃的刺刀，是那麼森嚴，讓人發毛。明眼人一看就知道他們把朱家大屋當成司令部，而外祖父一家人卻被趕到另外一個跨院去住。

我家與外祖父是同住一個村莊，因此，一天到晚我都朝朱家大屋跑。外祖父見了總是拍拍我的頭，彎下腰側著臉輕聲地叫我的綽號：「老百姓！老百姓！」外祖母便拿好吃的東西給我吃，並說：「你的筷子頭長眼睛，專挑好的吃。」但我卻怕他們家養的那一群大白鵝，大白鵝見了我前仆後繼，拚命追趕，用嘴擰我的胳臂肘。

誠如風水先生所說：「大屋地傑人靈」，村裡出了一位大學生，那就是舅舅。舅舅喝了一肚子「洋墨水」，曾在村裡演文明戲（話劇），在家裡裝設順風耳（收音機）。結果，引來全村莊的人圍攏著大屋，聽這個稀奇古怪的「話匣子」談天說地，講古道今。

聽母親說，小時候我最愛吃西瓜，但又怕見光。舅舅偏偏拿一塊西瓜站在大太陽底下逗我，我只好順著大屋的牆腳跟團團轉，總是不敢過去拿。

如今，屋瓦上長滿了長長的青草，牆邊堆積著厚厚的麥稭，牆壁也出現了明顯的裂痕，甚至有人挨著它蓋了茅坑？抑或豬圈？

「昔人已乘黃鶴去，此地空餘黃鶴樓」，世事變遷，平添幾許滄桑。

難忘泥土芬芳

有泥土的地方就能孳養生息，有泥土的地方就有生命。

有時候，我甚至懷疑人類到底是動物還是植物？因為植物經移植之後不容易存活。而動物呢？也有「水土不服」的現象。

記得初來台灣澎湖時，伙食不好，除了得「夜盲症」，就是整天拉肚子，拉得皮包骨，兩個眼框都凹了下去，澎湖風沙又大，一出門就被吹得東倒西歪。那時候既沒有醫藥，也沒有人理會，在那人生地不熟的地方，彷彿生命在與時間拔河，過了今夜不知是否還有明天？

三更半夜想起家，想起母親，暗自忖度今生今世再也回不了家，見不到母親了。

一個人在絕望時，往往想起許多事情，猛然想起枕頭底下有包泥土，那是臨行前母親包給我的。母親還說：「在家千日好，出外一時難。」又說：「如果水土不服，可以用這包泥土泡水喝。」

「泡水喝！」我自言自語。心底又泛起一絲絲求生的欲望。

我摸摸索索弄來一牙缸水，放上一撮土，晃了晃，等沈澱了便喝起來，誰知這種泡過土的水不但沒有怪味，反而有點香甜。喝過幾次之後，肚子不再咕嚕咕嚕地叫，拉肚子竟然止住了。

我閉起眼睛躺在床上，咂咂嘴，那一股熟悉的泥土味直沖腦門，一股暖流流遍全身。彷若重回故鄉，躺在春風吹拂的青草地上。

泥土芬芳，大地無私，她緊緊地擁抱我們，呵護我們。人來自大地，將來仍要回歸大地，人是離不開泥土的。

故鄉的人們日出而作，日落而息，終年本本份份地依照時序的交替，春耕、夏耘、秋收、冬藏，艱苦的日子不都這麼挨過來了。而我們一群處於半飢餓狀態，沒有零食吃的孩子們，也在不停地吸吮大地的奶汁。

＊挖賊蒜

「賊蒜」是蒜的一種，根大，葉部中空，南方有種植，叫做「椒頭」，北方純屬野生。

淡淡的三月天，身上的凍瘡慢慢溶化似地癢起來，孩子們便按耐不住，三五成群走向麥田。小麥經過一冬冰雪的覆蓋，長得欣欣向榮，大地一片翠綠，好像鋪了一層厚厚的氈毯，就在氈毯裡長出一撮撮賊蒜。遠遠看去很像小麥，走近一些才分辨得出來。

農人們對於我們這些不速之客非但不討厭，好像歡迎猶恐不及。因為在他們的眼裡，賊蒜與那些「野火燒不盡，春風吹又生」的野草並無二致，剷除得越乾淨越好，免得地力受損。

有時候，也只是隨著大夥瞎跑而已，因為跑過的麥田都是別人踏遍的足跡，半天下來一無所獲。心裡暗自盤算，不妨到墳地裡碰碰運氣，殊不知墳地的賊蒜長得格外茂盛，尤其是亂葬崗子到處可見，不一會就拔滿一籃子。

有人忌諱，認為亂葬崗子生長的賊蒜不乾淨，不能吃。然而我回到家裡，昌雪二姐對我說：「我好喜歡吃你今天挖到的賊蒜，又肥又嫩，你是在那裡挖的？」我只是笑而不答。

賊蒜既可涼拌又可炒菜，據說：有殺菌的功效，常吃健脾醒胃。

＊撈花生

花生香脆可口眾人皆知，在街上，一年到頭都可看到賣花生的小販挑著一副擔子沿街叫賣，擔子裡是沙土炒好的帶殼花生。有的一個花生一個籽，有的兩個籽，也有三個籽的，三個籽的叫「大馬克」，弓著腰，籽粒實，人見人愛。

孩子們沒有零用錢，要吃花生就得自己撈。

撈花生不是在水裡撈，而是在別人採收過的花生地裡挖取一些遺留下來的花生而已，與拾麥穗有異曲同工之妙。

只要打聽到誰家的花生剛剛採收，孩子們便頂著大太陽，背著畚箕子，拿著小鋤頭蜂湧而至，往往土地的主人在前面採收，我們就緊跟在後面撈，一步一趨，形成一幅和諧的畫面。

我們家裡沒有小鋤頭，只有抓鉤子，抓鉤子就像五指分開的手掌，兜不住土，有時同伴們已大有斬獲，而自己累得滿頭大汗，撈了半天撈不到幾粒。收花生的人見了，微笑著搖搖頭，反而會捧一捧花生給我。

＊捉青蛙

青蛙俗稱「田雞」，既然有一個「雞」字，自然就可以吃了。在那「三月不知肉味」的饑餓年代，豈肯放過吃青蛙的機會。

每逢大雨一過，南湖鴨子汪積水盈尺，蛙鳴之聲嘰哩呱啦，不絕於耳，形成一首大地交響樂。只可惜我們沒有詩人欣賞「黃梅時節家家雨，青草池塘處處蛙」的雅興。

孩子們有的手裡拿著一根白蠟桿子，有的手裡拿著一根棗木齊眉棍，捲起褲腿，光著腳丫子，聽著蛙叫循聲而至。牠們不是在游水，就是趴在草棵上，只消一陣亂打，那些可憐的青蛙便翻起白白的大肚皮浮在水面上，不死即傷。

如此你也打，我也打，逼得青蛙好似跳高選手，一跳都跳出水面幾尺高，到處亂竄。弄得孩子們由頭到臉都是濕漉漉的。

捉來的青蛙用小刀在背脊上輕輕一劃，一撕一扯就剝了皮，露出雪白的肢體，然後破了肚腸，扭掉頭，帶回家去炒辣椒。

有位同伴剝起青蛙來乾淨俐落，我都找他剝，大家都叫他「張扒皮」。如今想來，實在太殘忍，當時由於嘴饞，也顧不得許多了。

＊找烏麥

烏麥不是麥。

烏麥是不長穗的高粱，也可以說是高粱的變種，因為顏色黑所以叫烏麥。

高粱長到一人多高時，先開花，後抽穗。如果既不開花，又不抽穗，在其他的莊稼來說叫做秕子，而高粱則叫做烏麥。

烏麥多半由高粱葉包住，乍看有點像玉蜀黍，用手捏一捏實實的，把葉子扒點縫一看黑黑的，那便是了。否則，軟軟的，白白的，只有鬆開手再找。

找到了烏麥，摘下來，便坐在地頭上吃將起來，烏麥的味道甜甜麵麵的，吃上一兩個到也能夠壓餓。不過，吃過烏麥的人瞞不住人，因為滿嘴滿臉都搞得烏七八黑。

由於烏麥的數量少，不易找到，甚少結伴而行。

有一次，吃完了烏麥，摸摸肚皮吹著口哨往外走，可是不論怎麼游走也走不出去，就好像陷入迷魂陣中，一直在原地打轉。我急得跳起腳也看不到外面，直著嗓門叫也沒有人答腔。

天漸漸黑了下來，混身一陣冷索索，我坐在田埂上縮著頭抱著脖子發呆。

不一會，月亮升起來了，像個大白玉盤冷冷地掛在天空，我知道那是東方，再度打起精神對著月亮走。不消片刻走出了青紗帳，到了大路上，原來大路離我不過兩塊地。

過不了幾天，我又單槍匹馬去找烏麥，母親說：「你是好了傷疤忘了疼！」

＊拾地皮

地皮是什麼？您也許沒聽過吧！地皮是一片片柔柔的透明的看起來和木耳差不多的東西。用來炒菜、做湯兩相宜，吃起來滑滑的，比粉皮有韌性，具有一種別緻的口感。

每當大雨過後，孩子們便三三兩兩去拾地皮。

地皮不是到處都有，只有在山腳下、窪地裡、草叢中才可找到。因為積水的地方經過雨水的滋潤，便產生地皮了。

有地皮的地方遠遠瞅見地面上一片晶瑩，大片的約有巴掌那麼大，而且四週都翹了起來，只須蹲下去用手一片片撕扯。

至於地皮是怎樣形成的，從來沒有人談起。依我推測，低窪的地方容易積水，這些水都是從四面八方的高處流下來，自然也將那些草木的精華沖刷了下來，日積月累便形成了地皮。

＊挖蟬蛹

蟬，生生世世繞著大樹轉。

千百年來，文人筆下對於蟬鳴多所描寫，尤其炎炎夏日，在濃蔭樹下，輕風徐來，聽聽蟬鳴，到是人間一大樂事。

如果誰的文章裡描寫「吃蟬」，多麼不夠文雅，也是大煞風景的事。

事實上，蟬可以吃，不過，是在牠沒脫殼之前。

由於蟬的鳴聲聽起來一陣陣「知——了——知——了——」，咱們家鄉把蟬叫做「知了」，沒脫殼的知了叫「知了龜」。若於仲夏之晨，天剛曚曚亮，順著大樹幹往上摸，總能摸著幾隻知了龜，因為知了龜正在由地面慢慢吞吞爬上大樹變成蟬。

油炸知了龜吃起來有點像油炸蚱蜢，香香脆脆的，吃了還想吃。殊不知油炸蟬蛹比油炸知了龜還好吃，因為蟬蛹略帶一點甜味。

蟬由知了龜蛻變，知了龜由蟬蛹蛻變，蟬蛹由蟬卵蛻變，這是蟬的繁衍過程。蟬在大樹上產卵掉落在泥土裡，經過孵化之後成為蛹。每當春末夏初之際，在大樹下彎下腰仔細找尋，若遇到泥土有隆起的地方，用食指一摳就是一雙又肥又大的蟬蛹，還會蠕動呢！

＊採桑葚

不知道您吃過沒有？桑葚看起來有點像草莓。不過，草莓長在地上，桑葚則結在桑樹上。蠶吃桑葉，人吃桑葚，桑樹皮可以製紙，桑樹木可以製農具。如此說來，桑樹混身上下都是寶。

小時候的同伴們幾乎沒有沒養過蠶的，為了心愛的蠶寶寶，養蠶的人多半都有採桑葉的經驗，但採桑葚的人卻不多，也許有些人把它視為不屑一顧的野果吧！

野果歸野果，但野果正可作為野孩子們的「野餐」呢！

桑葚成熟的季節我每天都去巡視，看看那串變紅了。綠的桑葚發酸，會倒牙，紅的桑葚甜甜的，比草莓還好吃。

桑樹約一人多高，枝條柔軟，可攀折。只要發現那邊的桑葚熟透變紅，甚至紅得發紫，只要一手扳住樹枝，便手到擒來，摘下的桑葚也不往口袋裡裝，就往嘴裡一丟吃將起來。好像豬八戒吃了人參果——遍體通泰。

＊挖扒根草

偶爾會從報上看到這樣的新聞：「某某地區天災頻仍，民不聊生，人民在吃樹皮草根。」

小時候，我就常吃草根。

我吃的草根叫做「扒根草」，顧名思義，扒根草是將根扒在地上的，這種不向上發展，只順著地表皮生長的野生植物可以長得很長很遠，而且節節都生根，扒得地面牢牢的。

滿山都是扒根草，遍地都是泥土香。

每當看到地面上的扒根草露出一節節白白胖胖的草莖時，口水都要流出來了，不由蹲下去採，採扒根草要有一點手勁和竅門，懂得的人從根部拉起，不急不徐，一節節「拍拍拍……」應聲離地，若從中間或力道稍大，一拉就斷。

拉起扒根草在水塘邊洗洗，便塞進嘴裡嚼了起來，味道甜甜的，略帶水份。當水份吮乾時，便將渣滓吐了出來，就像吃甘蔗一樣吸取那一點點甜份。

聽外爺爺說：「台灣遍地是甘蔗，出產糖，糖賤得比麵粉還賤。」我每逢嚼著扒根草，就懸想著這檔子事兒，盼望將來長大後一定要到台灣去。既然那裡的糖比麵粉還便宜，如果有朝一日真能如願，誰還吃麵粉，乾脆天天吃糖不就行啦！

心中的月亮

在台灣，一住四十多年，可是，台灣的月亮居然圓不過心中的月亮。

中秋時分，蘇北老家青山泉已是夜涼如水，親人自天南地北趕來和我相聚。白天人來人往儘說些寒喧的話，晚上大門一閂，坐在院子裡的葡萄樹下閒話家常，其樂也融融。

故鄉的天似乎特別高，也許就是人們常說的「秋高氣爽」吧！只見薄薄的雲層隨著微風移動，襯托著一輪明月好似一盞透明的燈籠緩緩飄蕩、飄蕩。

那銀色的月光透過葡萄架，稀稀落落撒滿一地，撒在我們的臉上、衣服上，彷彿朵朵銀花，不由用手去拾去摘，不論你怎麼拾怎麼摘，總是拾不起來摘不下來。

吃著家鄉的石榴、甜棗，喝著四弟工廠出品的山楂菓茶，真是別有一番滋味在心頭。這種故鄉土產特有的酸酸甜甜滋味，令我的童年往事一幕幕在腦海中展現：

記得小時候，常和小朋友在月光下玩「販售私鹽」的遊戲，一面躲避警察查緝、追捕，一面招攬生意，提高嗓門吆喝：「拉大車！賣小鹽（私鹽）！一個粒子兩個錢！」煞是有趣。

年齡漸長，便與同伴相約「打花棍」，一人一枝白蠟桿子，隨著打擊的節拍唱出：「一棍一棍又一棍，連三棍，帶四棍，四棍滿，連花碗，花碗青，柳葉青，豌豆開花一路青……。」使原本寧靜的夜晚，憑添幾許喧囂熱鬧氣氛。

想著，想著，一時興起，不由唱起：「八月十五月光明，薛大哥在月下修寫書文……。」我這一唱不大要緊，卻驚動屋簷下的一群鴿子「咕！咕！」籬笆裡的一群鴨子「呱！呱！」形成一種美妙的田園交響樂。

昌雪二姐見我唱起平劇《汾河灣》，於是輕打節拍，嘴角輕啟，似有躍躍欲試之態。果然我剛剛唱畢，她便自告奮勇地唱一段《蘇三起解》以及一段《四郎探母》。《四郎探母》是鬚生戲，而且〈坐宮〉一段戲詞就有一百多句，她竟能唱得有板有眼，字正腔圓，眾人只聽得目瞪口呆，讚嘆不已！

二姐平劇唱得好，而且生旦俱佳並不稀奇，原因是她嫁到一個「戲劇世家」。

二姐夫早年在國軍劇團唱「三花臉」，民國三十七年我離家前曾聽過他的戲，他在《鴻鸞禧》這齣戲裡飾演「莫稽」一角，非常逗趣。尤其一口清脆繞口的道白：「我回來啦！我回來啦？我的家我不回來嗎！」事隔多年仍然令人回味無窮。

如今，二姐夫雖已去世，難得的是子女們多能繼承衣鉢，分別從事演藝事業，而且更上層樓，可謂青出於藍勝於藍。

平劇既然遇上高手，自知不能再在「孔夫子面前唸三字經」，於是我便改口唱了幾首台灣流行歌曲。反正他們也沒聽過，縱然詞不押韻，也沒有人能聽出來。果然一鳴驚人，眾人聽畢皆熱烈鼓掌，獨妻說：「渾身一陣一陣起『雞毛皮』」（雞皮疙瘩）。

大姐怕冷場，她今年雖已六十五歲，事先沒有準備，但基於一種孺慕之情，只待我一聲催請，便毫不猶豫地唱了一首懷念的老歌〈大板城姑娘〉，又唸了一則繞口令：「吃葡萄不吐葡萄皮，不吃葡萄倒吐葡萄皮。」由此使我想起一幅美麗動人的畫面：日前在火車上看到一位少婦餵食嬰兒吃葡萄的情景，那名嬰兒可以說是「吃葡萄不吐葡萄皮」，而這位媽媽是「不吃葡萄倒吐葡萄皮」，這是人世間難得一見至情至性母愛的流露。

輪到四弟，他臉皮薄，不但不好意思唱，卻說我們沒有他唱的好聽。到底多好聽，只有天知道！後來經不起大家死逼活逼，他才勉強講了一則「勸人孝順」的寓言故事。

據四弟媳講，村子裡每逢演話劇，都由四弟導演，同時擔任劇中角色。說著她便壓低嗓門學了一段四弟的台詞，逗得大家捧腹大笑。

如此說來，四弟可謂是「真人不露相！」

唱著、聊著、笑著、鬧著，不知不覺月已西沉，朦朧的月光依然無聲無息照撫著我。我能陶醉在家鄉柔美的月光下，享受親情的溫馨，我覺得我這個滿身創傷的遊子，已拾回失去已久的天倫之樂。

因此，我心中的月亮已走出心房，高高地掛在故鄉的天空上。

西缸窯

打從我記事的時候起，老家就有「西缸窯」了。西缸窯是個通稱，因為它在村子西頭，又以燒缸為主，故而得名。實際上，這些窯有的專門燒碗、盤，有的燒壺、罐，也有燒磚、瓦，燒玩具的，不過，燒缸比較出名罷了。

因此，在蘇北平原上形成一種罕見的「陶藝文化」。至於這種陶藝文化何時傳入家鄉？卻有一段淒美的故事。

相傳很久以前，故鄉乾旱連年，蝗蟲肆虐，莊稼欠收，老百姓生活無以為繼，有位當年太平天國時代打長毛的老兵，住在土地廟裡孤苦無依，每天夜裡竟夢見一位道長教他製陶技藝，臨別時，並在他的手心裡寫了一個「甕」字。老兵不解其意，醒來後便找韓秀才解夢。

韓秀才是滿肚子學問賣不出去，又不能打著鑼鼓去推銷，如今見有人自動找上門來，非常歡喜。也不嫌對方蓬頭垢面，想了想，搖頭晃腦地說：「甕者，瓦罐也，瓦罐者，容器也。然，伊欲汝製造容器者也！」

真是一語驚醒夢中人，在韓秀才的資助下，這位老兵便不眠不休地就記憶所及製起瓦罐來，果然有模有樣。由瓦罐再演變成一種獨特的製缸技術，眾人嘖嘖稱奇，至此，韓秀才被稱作「文秀才」，老兵被稱作「武秀才」。大家都說託夢的那位道長是神仙，文武秀才是活菩薩。

一傳十，十傳百，武秀才便吃香起來。可是他並不藏私，抱著「受人點滴之恩，必定湧泉相報」的心態，凡是接濟過他的人，如果想學製缸，必定傾囊相授。

文秀才並寫了一首打油詩，鐫刻在器皿上，自我宣揚一番，因此，銷路暢旺。詩曰：

缸數西缸窯，
壺數秀才陶，
碗盤輕而薄，
蒜臼搗到老。

不是他們說大話，而是我那些街坊鄰居喜歡吃「辣椒蒜泥」從來沒見過誰家的陶製蒜臼子被搗破，簡直與石雕蒜臼子有異曲同工之妙。一個蒜臼子不但能用到老，還可傳幾代呢！

從此，青山泉掀起一片蓬勃的製陶熱。西邊半個莊子姓韓的人家，幾乎家家都有一座窯，甚至也有兩、三座不等。不但解決了鄉人的饑饉，甚至給許多人帶來了財富。

大體來說，磚、瓦窯比較簡單，窯門開在上方，也就是般所說的「天窗窯」。不論裝窯，起窯都很方便，而且一目了然，不需要鑽黑漆漆的窯洞。除了爐口外，不論磚塊或瓦片都是一塊挨著一塊擺，幾乎沒有什麼空隙，自然容量也大。說也奇怪，沒有空隙想必缺乏氧氣，火候到不了，既然火候到不了，磚瓦又是如何燒透的？令人百思不解，莫非是燜出來的。

尤其不可思議的是，碰到有人為了某項特殊建築訂購鋼磚時，只要知會一聲大師傅就行了，他會在爐火裡加把勁。燒出來的磚不但有種青銅色澤，保證打不破，摔不碎，想必燃料也要耗費不少，要不然價格怎會比紅磚貴上好幾倍？掌櫃的多以能夠燒製鋼磚為榮，有的在磚模上刻上自家的「寶號」，以招廣徠。

做磚比較簡單，只要有一個磚模子，做磚的人憑著眼明手快，一倒、一壓、一刮就成，乾淨俐落。

做瓦就不是那麼回事了，尤其那種大紅瓦，都是機器壓出來的。那時沒有馬達，只靠一個人使勁地踩動機器踏板，雙手捧著一個個光溜溜麵團似的泥團送上機器，輕輕一壓，一塊瓦坯便現了形，再用小刀削邊即成。另一個人一手托著一塊木板，在廠房裡來回穿梭，將瓦坯送上一排排一層層的木架上風乾。

碗、盤、杯、皿也是像一般製造瓷器的手拉坯一樣，只是大師傅的手藝已到出神入化之境，想把坯拉成何種形狀，經他們的巧一手捏，沒有不成形不成器的。然而做出來的產品，不用量，一眼看過去全是一般大小，就像一個模子鑄出來的，真可稱之「出神入化」。

上釉也是一番功夫，家鄉陶器特別以深色釉藥來製作，只見大師傅五指捏住碗、盤底部，在釉缸裡一涮，陰乾後，燒出來的器皿不但細孔、沙眼全被堵塞住，而且烏黑發亮。

茶壺不是燒燜窯，而是開放式的，隨燒隨取，簡直比烤地瓜還容易。

西缸窯製的茶壺都是大茶壺，燒出來呈銀灰色，表層好像起了氣泡一般，摸著凹凸不平，人們都叫它「沙壺」，倒也輕巧別緻。

白天農忙，莊稼漢子們都在田裡幹活。黃昏之後，一座座小巧的沙壺窯相繼啟動，呼呼生風，火苗沖天。

由於沙壺窯燒的是焦炭，溫度特別高，當大師傅用一支長長的鋼筋從窯洞的爐架上挑出燒好的沙壺時，在夜暗裡就像一串串「大紅燈籠高高掛」，玲瓏剔透。反手將沙壺往窯旁的煤灰上一放，讓其自然涼透，大功於焉告成。我們小孩子們趁機在煤灰裡埋幾個生地瓜，不一會就燜熟了。

家鄉的沙壺肚大腰圓，適合全家人飲用。壺嘴注水不但量大溜順，不回滴，壺蓋亦嚴實不鬆脫，底座穩當，壁薄而幅度自然豐盈，非常耐看且實用。

接下來，讓我們再談談西缸窯的正宗產品——缸。

缸分大、中、小三種，也有人把大的稱作「祥」，小的稱作「罐」，中的才叫做「缸」。在農業社會，不論裝五穀雜糧、盛水、醃醬菜都離不開它。

母親說：「咱們家大大小小有十三口缸」，似乎要想知道誰家窮富，只要看看他家有多少缸就行了。有些醬園子一進門便能看到烏壓壓一片缸，每個缸都有一人多高，兩人合抱也抱不過來。

製作中、小型缸尚稱容易，製作大缸就不是那麼回事了，若用「驚天動地」四個字來形容並不為過。

因為製作大缸同樣的只能用一塊泥做好，不能添加，否則有裂紋，會漏，而且轆轤須用雙腳大力才能踢動。只見大師傅雙腳踢轆轤，雙掌連連揮動，一裡一外由下而上塑起，大小厚薄一次完成，不能重覆，無法修正，否則，手伸不到缸底也是枉然。

古時候，司馬光打破的缸一定不是西缸窯的缸，因為西缸窯做出來的缸堅硬挺拔，密度高，韌性強，不易打破，縱有破裂，也會補漏再用。

在地方戲曲《王大娘補缸》便可知曉，只見一個小二哥一擺一扭地唱道：

挑起了擔子往前走喲，
一來來到王家莊啊！
誰家的缸子破了快來補喲，
新缸沒有舊缸醃菜香啊！
噹格噹格郎，噹格噹格郎，
噹格郎，噹格郎，噹格噹格郎。

在那民生凋蔽，物力維艱的年月裡，不但缸破了捨不得丟掉，甚至還有「巴盤子、巴碗、補漏鍋」的呢！

漸漸地，西缸窯從製造人們生活必需的容器，轉而為花器、變體陶俑、動物玩偶等。這些家鄉農家子弟熱衷製的玩具，無非取材自周邊的人物題材居多。不偏重於精雕細琢，而是以簡單的線條，直接地將美感顯現出來，讓一般民眾能夠一目了然，這是一種樸拙之美。

基於此，我們小學的勞作課，都是玩泥巴，同學們只要有一塊泥巴在手，便樂趣無窮。就像捏麵人一樣，隨心所欲，捏出自己的構思，老師從來不加限制。作成後，刻上自己的名字，老師便集中起來交給我。因為我是班長，我便用麻袋背到西缸窯去燒。不論到那家，只要沒糊窯門，他們從不拒絕。

燒出來的成品經老師評定分數，再發還大家。記得有一次我做了一個樹葉形的「調色盤」，既可愛又實用，一直用到小學畢業。

有人說：「陶、瓷原本是一家。」

事實上，由於科技的發展，那笨重的，一碰就碰破的陶器，終於敵不過輕便耐用的塑膠製品、鋁製品。再加上生活水準提高，誰家又會用烏七八黑的碗、盤吃飯，代之而起的是潔白、細緻、賞心悅目的瓷器。

上次返鄉，聽說大姐就為老家買了一籮筐瓷器，與四弟的太太兩人從市場抬回家。四弟說：「二哥！我在咱家後園裡曾經挖出你小時候埋的碗底。」

「啊！我記起來了！那是我埋的」，我說。那時我把從西缸窯撿回來的碗底，修去邊，與小朋友玩「滾鼓輪」遊戲。玩膩了，像富貴人家埋銀元一樣，一罈罈埋入地下。

如今，西缸窯沒落了，只剩下稀稀落落的幾座窯。豎立在窯上那矮矮胖胖厚實的煙囪，冒著縷縷青煙。老師傅坐在轆轤旁發呆，流露著幾許無奈，彷彿在與時間拔河。

茶壺爐子

「茶壺爐子」就是賣開水的地方。

從前，農業社會物力維艱，沒有暖水瓶，冷天想喝水就得現燒現喝。半夜渴了，只好強忍住，要不然，那有那麼多柴火。如果是燒煤炭麻煩更大了，生火也要老半天，往往火剛生著水就開了，然後再把火弄熄，只有大戶人家才會保持爐火不斷。因此，賣開水的茶壺爐子便應運而生。

記得小時候，王五叔便是利用我家門前的空地開了一間又矮又小的茶壺爐子。以現在的眼光看，純粹是一個違章建築。因為母親點頭，不會妨礙交通，別人也懶得管。

母親見王五叔父母早逝，唯一的寡嬸不理睬，遂動了惻隱之心。便出了一個主意，讓他在我家門前做無本生意——賣開水。

說是無本，但總得張羅張羅，俗話說：「偷雞也要一把米」，可是王五叔偏偏連這把米也沒有。茅草房是用青山上的茅草搭起來了，茶壺爐子是用白土塘的白土塑起來了，可是那幾把壺呢？風箱呢？煤炭呢？還是沒有著落。

我家門楣雖大，，可是外強中乾，母親節衣縮食東湊西湊湊一點錢給他，勉強開了張。做任何生意都要打廣告、做宣傳，唯獨茶壺爐子沒有這個規矩。只要火點著，風箱一拉，保管「七竅生煙」。遠遠望去，就像老式火車頭就要開動，真是威力驚人。

這一驚非同小可，眾人不約而同都提著壺來買開水，茶壺爐子門前的石台子上擺滿了大大小小西缸窯燒的沙壺。

即使排隊的人爭先恐後，王五叔仍是不慌不忙依照先來後到一一加滿開水。他把一把大銅壺提得高高的，那滾燙的開水冒著熱氣，像銀柱一般射向沙壺。當沙壺快要滿時，他再將手中的銅壺輕輕順勢下移，那一道銀柱也變弱了起來。壺滿了，順勢一帶，開水也就嘎然而止，看起來是那麼順溜，滿滿一壺不多不少，而且滴水不溢。在那一起一落之間極有韻緻，陣陣茶香隨著裊裊蒸氣撲鼻而來。

「那壺不開提那壺！」經常可以聽到顧客的抱怨。平劇裡不是有句戲詞：「水不開，葉子不落，喝進肚裡直冒泡？」明眼人一看就知道，騙不了人。王五叔不是想騙他們，而是往往被他們七嘴八舌搞得手忙腳亂，難免聽錯了聲，看走了眼。

其實，他一貫深暗「開水不響，響水不開」的道理。只是倒開水、灌冷水、抓茶葉、找零頭、添煤炭、拉風箱……，全靠他一個人，著實夠忙活的。

那時的學生書包不用帶回家，沒有課外作業，王五叔知道我放學後都在後園看螞蟻上樹，於是央求我幫他拉風箱。我對拉風箱身子前傾後仰這碼子事，覺得很滑稽，便欣然應允。不但拉得呼呼生風，爐火熾旺，而且越拉越帶勁，足可保持爐火不斷，開水常開。

不過，一趟風箱拉下來，熱得直冒汗，除了兩隻眼圈外，劈頭蓋臉都是烏七八黑，我倆都成了「包黑子」。我望著王五叔笑，王五叔望著我笑。

為了減少煙燻，我就像鑽進阿里巴巴的山洞，學著彎腰老頭走路，因為濃煙都浮在半空中，一時化不開，

茶壺爐子是長型，中間挖著長長一道溝，爐心在中央，一把把銅製茶壺盛滿了水四平八穩坐在溝槽上。風箱一拉，火苗便順著溝槽向兩頭竄動。中間開了的水便往兩頭放，由於餘燼未熄，不論放多久，水蒸氣仍會由壺嘴裡冒出白煙，不會變涼。

風箱拉久了，不但臂膀肌肉突出，肌腱活絡，而且臂力大增，與同學扳手腕可以令我露臉。

尤其難能可貴的是學會了生火，以前我用煤炭生火弄得灰頭土臉，半天生不著，而王五叔一下子便生著了。只見他用幾根高粱桿架著，上面放著煤塊，將秫稭篾往架下一丟，然後劃著紙媒子一點就燃，萬無一失。他見我在一旁看得出神，指著高粱桿搭成的架子說：「這就是你們喝墨水的人常說的『虛心』，如果心不能虛下來，等於騎爐扛口袋——白費力氣。」

除了虛心之外，同時我也體會出「耐心」的重要，就好像在一陣猛拉風箱的情形下，大火只燒三分鐘，又冷卻半小時，水永遠是燒不開的。

其實，我拉風箱不為別的，只是想喝他們家的「大葉子茶」。王五叔一早起來捅開爐門，先用剛滾的水沖一壺大葉子茶，不到片刻，清水變成黃橙橙的液體。倒入碗中芳香四溢，喝入口中沁人心脾，喉頭都透著香氣。我們倆人坐在小板凳上，便你一碗我一碗的喝將起來。有時生意好時，他還買一些花生邊嗑邊喝，那才帶勁哩！

王五叔排行最小，因此，他的乳名叫「王小」。別看他是個粗人，興緻來時他會編一些《張飛殺岳飛》殺得滿天飛的故事給我聽。有一次，他竟套用《蘇武牧羊》的調子，唱他自己胡編的《王小賣豆腐》來調侃自己，娛樂別人：

嗨嗨！王小賣豆腐，
賣的不夠本，回家打媳婦。
媳婦說：不怨我，怨你給的多，
你要是打死我，誰替你做豆腐？
我要是打死你，再娶個花老婆，
麻婆豆腐家常豆腐油炸臭豆腐。

當他唱得正起勁，我卻望著碗裡浮浮沈沈的茶葉發愣。

王五叔停下來，不耐地問：「你在想什麼？」

「有啦！」我一掌拍在桌面上，震得茶碗亂晃動：「我在想這麼好的茶，我們不能獨自享用！」

「什麼意思！」

「我們應該推廣，讓趕集的人也能喝到。」

「難不成你叫我當個大善人。」

「那倒不是，我們可以賣開水兼賣茶呀！一碗茶賣一毛錢總比一壺茶一毛錢有搞頭。」

於是，我便從家裡拿來幾個黑釉飯碗，每逢三六九趕集的日子，將碗排列在茶壺爐子門口的石台子上，分別倒滿剛沏好的熱茶。不用招呼，熙來攘往的四鄉趕集人，端起來就喝，喝完丟下一個銅子就走。

喝過的人咂咂嘴，直誇：「好茶啊！好茶！」水質好，是王五叔茶壺爐子引以自豪的地方。因為他的水是如假包換「甜水井」裡的水，當地人一飲便知。

離茶壺爐子不遠處還有一口井，但人們都叫它「苦水井」，僅作洗滌之用。王五叔從不偷懶，總會跑很遠很遠的路程到村子東頭挑水。因為那裡緊臨東大汪有一口甜水井，井水甘美凜冽，終年不乾。

每天下午我放學之後，他就叫我照顧茶壺爐子，逕自荷著一付擔子如飛似奔地出了門。不一會，扁擔一搧一搧便挑來一擔水。

不論颳風下雨，就算天上下冰雹，黃昏之前他總要挑得滿滿兩大缸水。

王五叔是一個虎背熊腰的漢子，耐力夠，總是擔不離肩，桶不離擔，一擔水挑上幾里地從來不換肩。但是也有例外，那就是替南門裡他寡居的嬸娘挑水。

他嬸娘一向有潔癖，只用他挑來的前桶水做飯，後面那桶水不是洗東西就是用來澆花。據他嬸娘說：「後面那桶水會被王小放的臭屁燻髒。」後來被王五叔知道了，每次挑水抵達他嬸娘家的門口時，都換肩挑，滑溜而熟練地讓前後水桶相互調換。

到了十冬臘月，一夜的寒氣都把井頭凍實了，每天早上天剛魚肚白，他總是匆匆提著一大壺開水去燙井頭。據他說：「這叫做『吃菓子拜樹頭，飲水思源頭』。」

有一次，日本鬼子過兵，村長叫王五叔送開水，他聽後有如十五個吊桶——七上八下。不送，只怕惹來禍端，送，又不甘心。於是就近挑來一擔苦水井裡的水，燒得嗡嗡響便送去糊弄日本人。據說：日本鬼子喝了之後，個個上吐下瀉。

我見他大禍臨頭，叫他趕緊到我家後園的地瓜窖子裡避一避，他卻神色自若地說：「管他娘！反正『死豬不怕熱水燙！』」說著，說著，「劈劈啪啪」一陣槍聲，原來游擊隊司令韓治隆一手握著一把手槍，親自率領部眾前來突襲，日軍全軍覆沒，此事才不了了之。

「人怕出名豬怕肥」，此事傳了開來，王五叔的生意居然像發了酵的醬罈子——直冒泡。至此，茶壺爐子就成了他的「正」字標記，別無分號。

王五叔的生意好，除了水質甘美外，也是由於他見人就點頭哈腰，儘量給客人方便的原故。如果買開水的人沒有自備茶葉，只要交待一聲：「大葉子茶！」王五叔都會照辦。只見他伸手在一個麻袋裡抓一把粗茶丟到茶壺裡。通常大壺開水兩毛，小壺一毛，若添茶葉另加一毛。如此價廉物美隨到隨有的開水，方便了顧客，相反地，卻帶給王五叔極大的不便，因為找零錢是一件麻煩事。往往折騰了老半天也湊不出零頭，只得眼巴巴地看著他們拎走。對這些抬頭不見低頭見的老鄉親，王五叔也是沒轍。

我看不順眼，終於有一天心血來潮，為他設計一種「輔幣」。也就是將一個個竹牌子用烙鐵烙成一道道的痕，分別代表一毛、兩毛、三毛……。告訴顧客不妨買一些牌子回去，爾後想買開水不用再帶錢，只須帶牌子就行了。

殊不知，老實巴拉的鄉下人，老實得實在可愛，他們一聽從此以後買開水不用錢，於是一傳十，十傳百，不到半天工夫，就傳遍了整個青山泉，眾人便一窩蜂地趕來買牌子。

我這個「地下錢莊」見眾人前推後擁急著買，心裡即使窮嘀咕：「心急吃不了熱稀飯！」但由於是自己招惹他們上門，不得不加工趕製。牌子上除了烙出價碼外，並烙穿一個洞孔，使得成排的牌子可以穿在一根鐵絲上，不會零亂。買到的人拿在手上邊走邊搖，「嘩嘩啦啦」清脆悅耳，好像唱《蓮花落》的鈴鼓。

不出幾天工夫，吊在茶壺爐子半空中的籃子已積滿了鈔票，算吧算吧，約有五、六十塊。王五叔把錢統統裝在褡褳裡，揹到我家，交給母親保管。母親說：「我暫且替你擱著，等那天把劉媒婆找來，給你找房媳婦。」

過了個把月，王五嬸便進了門，我就不用再拉風箱了。

當初，王五叔開茶壺爐子，萬萬沒想到日後生意會十分火紅。不但能混口飯吃，還能娶得如花美眷，夜裡做夢都會笑。

為了感恩，每逢三伏天，王五叔都在茶壺爐子前放著一個紅瓦罐，一個小木勺。瓦罐裡盛滿了開水，免費供應路過的行人飲用。喝的人多半是一些販夫走卒，他們喝了之後也懷著感恩的心離去。

有一天，王五叔挑滿缸裡的水，喘了幾口大氣對我說：「聽說你的心算頂呱呱！我來出個題考考你。」

我默不吭氣，只是有點納悶，心裡想：一個沒上過學堂的人還會出題！只見他的眼皮往上翻了兩翻說：「一個老母豬十八個奶，走一步踱三踱，走了一百單八步，一共踱了多少踱？」

我連眼皮也沒眨，直截了當地說：「三百廿四踱。」

他聽了沒有吃驚，走過來拉著我的手說：「虧你這幾年幫我拉風箱，等那天把書唸飽了，自己到大地方去做大事。」我聽後沈吟、無語。

不久，果然我的驛馬星動，便毅然決然離開孕育我十五年的家鄉，四處闖蕩，總得「不爭（蒸）饅頭爭口氣！」

直到五十七歲那年我才回來，掐指算算離家的日子已整整四十二個年頭。家鄉一切都改變了，不知何年何月茶壺爐子已經沒落？代之而起的是「相思泉礦泉水」，而四弟昌弟居然當上了礦泉水工廠的副廠長。

「少小離家老大回」，臨老能夠回到家鄉即使喝口涼水也是甜的。

我邊喝礦泉水邊想起大葉子茶，想起茶壺爐子，想起王五叔。唯有大葉子茶才能滋潤我這乾涸的心靈，唯有茶壺爐子才能舒解我無盡的鄉愁。

吃地瓜的童年

如果說：地瓜不能當主食，那麼，有些人卻靠吃地瓜維生。

記得小時候，乞丐只要往我家門前一站，不等開口，母親便回房拿了一個地瓜，三步併作兩步走出來給他。

從那個時候起，我就想：家鄉如果不出產地瓜，不知會餓死多少人，說不定我也早就餓死了。

大地將地瓜賜給人們，毫不吝惜，因為地瓜秧子不但一插即活，而且產量驚人，根、葉、莖均可食，真正是名副其實的「犧牲自己，養活別人」。

家鄉地瘠民貧，水利不興，再加上兵荒馬亂，蝗蟲肆虐，一年一季的農作物都保不住。鄉民終年辛勞不得溫飽，若無地瓜貼補，其悽慘實難想像。

雖說吃地瓜是令人難忘的艱辛歲月，但卻也是一段溫馨的回憶。試想想看，在十冬臘月裡，屋外飄著鵝毛似的雪花，水缸裡的水都結成了冰，母親帶著我們五個孩子鑽進黑漆漆的鍋屋裡，瑟縮地忍受柴火的煙燻，往往連眼淚都燻了出來。只見母親拉了一會兒風箱，然後左手托住地瓜，右手舉起菜刀，就著鍋將地瓜剁成一個個不規則形狀的小塊。她每剁一下，我的心就「糾」一下，深怕用力過猛傷著手掌。

我們眼巴巴望著地瓜粥煮好了，便吵著要吃，母親不但不嫌我們吵，眼裡卻流露出無限憐惜，只是說：「慢慢喝，不要嗆着！」等到全家人稀哩呼嚕喝得頭頂冒出熱氣的時候，連家裡養的一條小狗也吃飽了，因為我們嚥不下的地瓜皮、地瓜筋正是牠的美食。

有時候為了「跑反」，地瓜粥剛盛進碗裡，就聽到外面有人喳呼：「日本鬼子來啦！」母親二話不說，便拉住我跟著大夥跑，我一腳高一腳低嚎啕大哭：「我的地瓜粥！我的地瓜粥！」好像黃河決口子。

地瓜學名「蕃薯」，俗稱地瓜，也有人稱作「甘藷」、「紅薯」等。在蘇北故鄉很多人卻叫作「白芋」，「粥」則叫作「糊塗」，那麼，地瓜粥順理成章就稱作「白芋糊塗」，真有趣。據《閔小記》中記載：「蕃薯萬曆中閔人得之外國，瘠土砂礫之地皆可種。」這裡所指的「外國」，想必不是現在的非洲，要不然那裡也不會餓死那麼多人了。

秋風乍起，打霜之前正是地瓜收成的季節，只見田野間一簇簇的人群，男女老幼都在忙著刨地瓜，地瓜葉就地曬乾，梱紮起來以備賤年。

大人們渴了、餓了，順手撿起一條地瓜，在水溝裡洗洗，坐在地頭上、柳樹下卡崩卡崩啃起來。甜甜的、脆脆的，既解渴又壓餓。

我們孩子們由昌俊大哥領頭，用土塊堆成一個小土窯，先用高粱稭把土窯四週的土塊燒得發紅，再把地瓜一個個扔進去，隨即把土塊打倒、敲碎，利用土塊的熱度，覆蓋在地瓜上燜。

然後大家圍著土窯坐下來唱「順口溜」，大哥唱一句，我們就跟著唱一句：

——張洪亮扛大刀，俺的人馬任你挑，您挑誰？挑張彪，張彪有鬍子，抓你家的牛犢子。

——前門進金子，後門進銀子，金子、銀子一齊進，一對元寶跑不了。

——杓子星、𤓰子星，天打五雷星，誰能唸七遍，到老不腰疼。

於是一個個輪流唸七遍，無非是打發等候地瓜的無聊。

唱著！唱著！似乎意猶未盡，只見大哥雙手一擺，大家便會了意，不再唱了。於是七手八腳將土塊扒開，陣陣的地瓜香氣撲鼻，你一塊、我一塊，吃得不亦樂乎！

由田裡收回來的地瓜為了怕凍壞，除了一部份曬成地瓜乾外，大部份要儲存在「地瓜窖子」裡。因此，在地瓜收成的季節裡，家家戶戶都是緊鑼密鼓地挖地瓜窖子，形成農村另一幅景象。

我家的地瓜窖子就在後園皂角樹旁挖一個坑，長約十呎，寬約五呎，一人多深。先將地瓜在坑的兩頭一層層地擺好，再在坑頂架上木棍，木棍上覆以高粱秸，高粱秸上覆以泥土，看起來好像一個小土坵，旁邊留一個小門，平時小門關閉，需要時母親便叫我下去，丟些地瓜上來。

我因為身體小，穿著厚厚的棉襖、棉褲，只須將腿往坑口一伸，屁股一挺，就像溜滑梯一般，一溜就溜進坑底，頓時覺得裡面溫暖如春，由於地瓜窖子保持恆溫，吃上一冬也不會壞。剛收成的地瓜吃起來麵麵的，會噎人。然而經過地瓜窖子儲存的地瓜，一過了冬天可就甜了，如果放在爐炭火旁烤，都會發出「滋滋」的聲音，有一種甜蜜蜜的糖稀流出來，誘人極了！

曬地瓜乾是兩個姐姐的工作，她們先選取一些細小、多筋的地瓜，切成約半公分厚的圓形小片，攤開在草薦上曬，只見裡裡外外一草薦一草薦的地瓜乾，星羅棋佈，煞是好看。

姐姐們一邊工作一邊唱著民謠，大姐喜歡唱《十條手巾》：

一條手巾織得新／上織明羅共三春／太子打馬北京去／文武百官隨後跟／二條手巾織得長／上織……。

如此三條、四條，一直唱到十條手巾，眼前彷彿出現十幅鮮明的圖案。

二姐喜歡唱《十二月》：

正月立春寒料峭／二月春分路一條／三月燕雀戲楊柳／四月櫻桃掛滿梢／五月榴花紅似火／六月荷花水上搖／七月梧桐蕭颯颯／八月天仙雲中飄／九月菊花重陽站／十月寒衣往外捎／十一月大雪紛紛飛／十二月路上行人少。

「少年不識愁滋味！」那一筐筐其貌不揚的地瓜，就在柔和甜美的歌聲中切片、曬乾、收藏、作為明年夏天的「糧食」。

用地瓜乾煮出來的粥，比用地瓜煮的好喝，因為地瓜乾韌韌的，有一種口感，也比較壓餓，不像地瓜粥，兩泡尿一尿肚子就癟啦！那時我正是發育期中的半樁小子，一喝就喝幾大碗。

偶爾，母親將地瓜乾放在磨裡磨成粉，再加點高粱麵、包穀麵，蒸出來的窩窩頭香噴噴！光是聞著就忍不住直嚥口水。

每逢賤年青黃不接，糧食奇缺，母親前一天便將黑呼呼的乾地瓜葉放在水裡泡，待第二天稍軟後，連同地瓜梗瀝乾切細，摻和著榨過油的花生餅一起炒。在現代的人看起來那是「豬食」，而我卻吃得有滋有味。

母親見我放學回來，猴急似地先扒兩碗地瓜葉，悄悄對王五嬸子說：「這個孩子真好養！」地瓜係根生，一場大雨之後就要翻轉一次，要不然，整棵藤蔓牢牢地抓住地面長出根來，地瓜就不會結大。因此，翻轉村東頭三畝地的地瓜秧子，就成了我的例行工作。

翻地瓜秧子是手持一根白蠟桿子，先彎下腰輕輕地將桿子一端貼於地面，把整棵地瓜秧子托住，然後用力朝另外一個方向甩去，如此一托、一甩、一托、一甩……，一棵棵、一畦畦的地瓜秧子，就像理髮師梳分頭似的被我「梳得」清潔溜溜。

累了，便依在祖母的墳上歇會兒，絨絨的綠草，軟綿綿的，猶如躺在祖母懷裡。看著天邊的彩霞，心裡想：那一定很遠很遠，說不定就是大地的盡頭，將來有一天能不能去那裡玩呢？

十五歲那年我真的要隨流亡中學離開家鄉，臨別時，母親特別為我煮了幾個不大不小光滑圓潤的地瓜，要我揣在身上，留在路上吃。並且說：「出門在外要像地瓜一樣，不管種在那裡都能長得好好的。根紮得越深，越能結出像樣的地瓜來。」

我突然覺得眼濕舌乾，於是咬著嘴唇，點頭如搗蒜。

坐在運煤的火車上，我兩眼盯住烏黑發亮的煤塊發愣，想到要去一個未知的遠方，那裡是不是彩虹的故鄉？大地的盡頭？心裡既憧憬又害怕。同學們看我手裡捧著幾個可愛誘人的地瓜，也沒徵得我的同意，便紛紛用熟雞蛋換去吃了。

多年來，我就是秉持母親的教誨，以堅韌、蓬勃的生命力，落實泥土的「地瓜精神」，在毫無退路的情況下，奮力前進。

三弟來信說：「我儘管比你小三歲，從前的生活我也記得，白芋糊塗、白芋乾煎餅，和現在比起來真是非人的生活。全是咱娘受煎熬支撐這個家，還叫咱們上了學。咱娘沒過上一天好日子，早逝了。」看著看著教人心頭酸楚，我對母親的虧欠太多，今生今世無以為報。

前年，我又回到山青水秀的故鄉，內心充滿了溫暖與自在，但世事變遷卻讓人萌生幾許滄桑之感。

四弟說：「咱家的地瓜田離火車站不遠，咱娘生前每次看到火車來時，就放下農活，兩眼盯住下車的人經過，直到走完最後一人才繼續幹活，很多年都是這個樣子。」

「為什麼？」

「等你！咱娘巴不得有一天能看到你坐火車回家。」

想到母親的期盼眼神，想到母親一生茹苦含辛，老來還要拖著一雙小腳下田種地，遭了不少罪，不由陣陣心如刀割，只因我回來太遲了。

如今，青山泉市集上不但貨物齊全，而且出現烤地瓜的攤販。細瞧之下，買烤地瓜的人多半是一些青年男女。看他們打扮時髦的模樣，看他們邊走邊吃神采飛揚的神情，想來地瓜對他們來說只當是「零食」而已。

大陸農村已看不到乞丐，乞丐多半聚集在大都市的車站、碼頭附近。這些現代「要飯的」連飯都不要了，更不用說地瓜，他們要的只是「錢」。

往事匆匆，如過眼雲烟，昌俊大哥已追隨母親於地下，燒土窯燜地瓜的童年越去越遠。

也許由於小時候常吃地瓜的緣故，我已養成了能「吃粗」的習慣。可是，每當看到孩子們這個不吃那個不吃時，就不自覺地想起那饑餓年代，想起吃地瓜的童年。

青山泉三怪

蘇北故鄉青山泉有三怪：落花生懷裡揣、果盒子用紙塞、白酒摻和水來賣。

花生又叫長生果，是家鄉的特產之一，雖然我國其他地方也有出產，但唯獨家鄉的花生粒大，甚至一顆花生長著三顆粒。由於它那彎彎的軀體，包著緊繃的籽實，很像脫韁之馬，故又名「大馬克」。

一入秋季，滿街都是賣炒花生的小販，幾個銅板就買一大堆，買炒花生的多半是穿袍子的大男人。在那缺乏包裝紙及塑膠袋的歲月裡，總不能用兩隻手捧著走，於是一把把往懷裡塞，走起路來好像挺著大肚子。但不要怕它會漏掉，因為腰間還紮著一條手臂粗的腰帶！

只見那些買了花生的男人們，邊走邊掏出來吃，如果在路上碰到熟人就停下來磨蹭。不是三五成群坐在大樹下「楚河漢界」地廝殺，便是蹲在牆角天南地北的啦呱，邊嗑邊談。就這樣你一把、我一把，不一會工夫，花生分光了，吃完了，嘴也乾了，也該起身回家了。

記得小時候，鄰居喜子娶了一個外地妻子。有一天，他妻子叫他上街買炒花生，不料，喜子一路上吃光了，兩手空空回到家裡。氣得他的妻子一連三天沒做飯，卻在院裡支起一個大鐵鍋，餐餐炒花生給他吃，逼得喜子只得低頭認錯。

至於為何「果盒子用紙塞？」說穿了，就是過度包裝嘛！目前，在台灣也有一種訂婚禮盒，每塊餅乾都是用紙包起來。打開之後，餅乾只是薄薄的一小片，和紙差不多厚，吃到嘴裡簡直不夠塞牙縫。吃完後，廢紙一大堆。

家鄉的果盒子，根本沒有什麼盒子，完全是用紙包成六封或八封「梯」形方塊。每封都是厚厚的馬糞紙裡三層外三層包裹著，外加一層細紙，再貼上紅色標籤。不過最裡層的果子卻只有一小撮。店小二將每封果子一一包好之後，便俐落地組合成一個圓形，中空外圓。然後用麻繩捆扎起來，甚是好看，在大街上拎著走動也很體面。

在當時的社會裡，送人的只是應應景，收的人也不會放在心上，你來我往，彼此心照不宣。

有一年聖誕節，住在城裡的小姑奶奶要我陪著給她的外國友人送一份禮物——果盒子。依照洋人風俗，禮物都是當著客人的面打開。只見洋人耐著性子一層層地剝落，弄得一地馬糞紙，像尋寶似地終於找到果子，隨即摳了出來托在手掌心，高高地舉起，熱情地讚美："Wonderful! So lovely."

此時，再看看小姑奶奶，她那發窘的臉已脹得像熟透了的西紅柿。我，恨不得找個地縫鑽進去。

回家的路上，小姑奶奶一直埋怨：洋鬼子不該讓我出洋相。

其實，送這種「金玉其外，敗絮其中」的果盒子，中看不中吃，何止是出洋相，簡直丟人丟到家，而且是丟到洋人的家，不送也罷。倒不如到雜貨店稱上一些糖果、餅乾，來得實惠。

現在，讓我們再談談「白酒摻和水來賣。」

大家都知道，一般採用「蒸餾法」釀製的酒多是無色透明液體。如高粱酒、米酒、白葡萄酒，以及蘇俄的伏特加等。不過，這些酒在大陸上通稱為「白酒」。

家鄉盛產高粱，遵照古方，用道道地地村子東頭甜水井裡的水釀製出的白酒，威力驚人，純度幾達百分之百，若說與酒精無異，並不為過。只要倒入杯中，吹著紙媒子一點即燃。看那忽上忽下蔚藍的火苗，形成一種奇特景觀，燃畢點滴不剩。所以一些走馬賣解的江湖藝人，多半慕名到敝鄉購買白酒，因為他們可以藉此表演「噴火」。

白酒的猛烈可想而知，除了老家斜對門「醉貓」大爺外，一般人若是沒有一點酒量是降不住它的。俗語說：

酒是穿腸毒藥，
色是刮骨鋼刀，
財是下山猛虎，
氣是惹事根苗。

故而，有人開玩笑地說：「老兄！聽說最近你要娶一個刮骨鋼刀，到時候不要忘了請俺喝杯穿腸毒藥啊！」這裡所指的「穿腸毒藥」當然非白酒莫屬。

白酒又名「白乾」，意即那個不知死活的傢伙若能乾杯的話，老闆不收一文錢，讓他「白白地乾杯」。

白乾既然沒人敢碰，那麼摻點水喝總行吧！因此，雜貨舖的酒都是按照酒與水二比一摻和著賣，故而大家都稱作「水酒」。殊不知水酒喝起來還是挺帶勁的，三杯下肚，渾身飄飄然，忘了我是誰。

無獨有偶的是，西洋人同樣喜歡在威士忌中加冰塊，難道冰塊不是用水做的嗎？人家加了冰塊的威士忌酒，與咱們摻了水的白酒喝起來同樣甘美、凜冽、後勁無窮，真可謂中西皆然，旗鼓相當！

白土塘上好風光

故鄉沒有名山大川，沒有飛瀑險灘，打從我有記憶的時候起，即有著天上少有地上無雙的人間勝景——白土塘。

如果用一把「魔斧」順著大地表面往下砍，故鄉的泥土則呈現出一塊黃、白、黑的「三色蛋糕」。最上一層黃土地是世世代代祖先們的耕作地。最下一層黑土地是留給我們後代子孫開發的能源。而中間一層白土地才是鄉親們製陶的素材。

為了維護自然景觀，製陶人家不是一片片一層層揭開地皮表面去取土，而是定點、定量往下挖。挖出的白土黏黏的有韌性，他們就是利用這種特性塑造出形形色的生活陶。其中以製缸業最為發達，所以這一帶的窯通稱「西缸窯」。

數大便是美，白土取走了，可以想見的便剩下一個個大坑，當這些大坑積滿水就成為池塘，也就是老百姓口中的「白土塘」。白土塘位於它的孿生兄弟西缸窯以西的一片廣大平原上，一個挨一個，到底有多少？數也數不清。

在那沒有自動機械的年代裡，挖掘白土是項巨大工程。首先要探勘地形，簡單地說：塘與塘之間不能離得太近或太遠，太近則失去調節水患的功能，太遠則無經濟效益。

位置選定後，第一步除去地表層的黃土，黃土雖有三、四呎深，倒也不難對付，難就難在挖掘白土。白土塘面積不大，直徑不超過三十呎，沒有往下延伸的大坡度，只有沿著塘壁留著迴旋梯一般的羊腸小徑。

那些憨厚的鄉親們，多半頭戴蓆夾子，身穿蘇北人最愛的藏青色衣服，有些都上了補丁。只見他們腰一彎，肩一側，一擔白土就上了肩，像一隊黑色螞蟻緩緩爬行。一步一聲「哼哼咳！哼哼咳！」藉此抖落一身的疲憊。

有一次，我想到塘底去玩耍，一面隨著土堤旋轉一面往下走去，頓時覺得天旋地轉，頭暈目眩，飄忽之間就要跌落。突被身後虎子叔一把拉住，把我背上岸來說：「你看你嚇得臉刷白！你要下去幹啥？」他見我沒吱聲，又說：「我不得不給你提個醒：寧走十步遠，不走一步險。知道嗎？」

我默默地點點頭。

這些早晨在家裡啃窩窩頭出門的工人們，折騰了一上午，一聽送飯的人吆喝：「吃飯了！」便急急地圍攏來，在衣襟上擦擦手，每人抽取一張大煎餅，捲著鹹菜疙瘩和大蔥，捲得像小孩手臂那麼粗，就左一口右一口吃將起來，邊吃邊「呼嚕嚕！呼嚕嚕！」喝著「糊塗」。只吃得滲出汗珠額頭在強烈的陽光下顯得油亮。

挖出的白土潔白如雪，倒在四輪太平車裡運往西缸窯。沿途車來車往掀起一片塵土，趕車人的吆喝聲不絕於耳，給平靜的鄉村平添幾分熱鬧。

白土塘係採三面積土，一面開口，成為「ㄇ」形，一方面解決地表層黃土堆積的問題，另一方面防止人、畜一不小心跌入塘中。當工人們積好土後，即在上面插上柳枝，不出幾年工夫，就長成了大樹。

遠遠望去，一層層一疊疊垂入水面的柳絲，一池池一潭潭清澈如鏡的塘水，永遠像朝露般地清新沁人。

每逢乾旱季節塘邊掛著轆轤，轆轤「嘟嘟」聲與流水「潺潺」聲此起彼落，奏出一首「田園交響曲」。再加上那縱橫交錯的溝渠，銀蛇一般四處奔騰的塘水，又形成另外一種大地風情。

靠青山泉西南方的一個白土塘，有一次挖了一堆花紋粗獷的陶片、陶缽、陶甕……，棄置在荒郊，鄉人們連正眼都不瞧一下。我們一群小毛頭有時曲裡拐彎跑到那裡玩，順手拾起陶片打水漂，享受「一石激起千層浪」的樂趣，還比賽看誰打得遠？後來被日軍發現了，悉數運往日本。鄉人們都笑他們傻，為什麼大老遠費了九牛二虎之力弄去這些廢物？

如今想來實在可惜，雖不能肯定那是「國寶」，但據我猜測：可能是遠古時代先民們的生活器皿。如能留到現在，以其數量之豐足夠開一個「青山泉陶瓷博物館」。那些陶片準能在「蘇富比拍賣會」上賣些錢，卻白白便宜了那些小日本鬼子。

由於塘水從不乾涸，經年不腐，四鄉的牧童打從很遠很遠的地方牽著牲口來喝水。喝完了水，人便靠著樹幹打盹，牲口則趴在一旁瞇著眼睛倒沫，享受輕風徐來的快活。

婦女們三三兩兩挎著筦子來這裡洗衣，她們一邊洗一邊天南地北地拉呱，總有談不完的話題，道不完的心事。洗衣不但是他們的例行工作，而且也是他們一日之中難得的歡樂時光。

農閒期間的莊稼漢只要一竿在手，便能悠然自得地等待魚兒上鉤。嘴裡叼著旱煙袋，哼著土裡巴基繞來繞去的地方戲曲：

——東屋裡點燈東屋裡亮，西屋裡不點燈黑糊籠通；

——是蘿蔔是白菜不是大蔥；

——有孤王坐金殿屁股朝後，頭朝上腳朝下臉朝前頭。

遊哉。

夏天，我愛徘徊在塘畔或樹下，或發呆，或做白日夢，或讀閒書，或想心事，如此優哉

孩子們三五成群在林蔭道上輕鬆閒逛，也仍然是看水、看雲、看樹、看鳥。

看樹看久了，意外地發現，即使是垂柳它的末端柳梢也是往上的。使我聯想到一個人遇到挫折或失敗，是不是也應這樣呢？看鳥看久了，我偏愛聽樹上的鳥叫聲，而不喜歡聽籠中的鳥叫聲。因為一個是婉轉悅耳，一個是聒噪悲鳴。

炎炎夏日，太陽是一爐熊熊的烈焰。大夥便相繼跳進白土塘裡浮水。塘深、水涼，一個猛子栽下去，就好像往一個無底深淵直直直地墮落下去。彷彿到了水晶宮，不用擔心會碰上石頭。當再度浮上來時精神抖擻，暑氣全消。因此，白土塘是我們練習跳水、潛水的最佳場所。而且白土中含有鹹性，全身上下抹一遍，就等於打了一層肥皂，再跳入水裡一沖，清潔溜溜，回家就不用洗澡了。

在這裡經常可以看到一群渾身上下抹了白土的孩子追逐嬉戲，見了路人也不迴避。因為他們劈頭蓋臉都塗了白白一層，活像捏麵人，每人只露出一雙滾圓、烏黑的眼珠子，分不清誰是誰？

浮水浮累了，大夥就坐下來用現成的白土捏泥人、泥狗，捏出的泥人總是矮矮胖胖挺著大肚子，泥狗則昂首蹲坐，一副「狗模狗樣」，沿路擺起來，一路擺到西缸窯。聲勢之浩大，簡直勝過秦始皇的兵馬俑，只可惜一陣「車軏子雨」就泡了湯。有時也捏豬八戒、孫猴子，上了釉拿到西缸窯去燒，放在家裡當擺設。

冬天一到，刀尖似的西北風呼呼叫，家家戶戶門窗緊閉，街道上冷冷清清見不到行人。只要一踏出門檻，恍若跌入一個巨大的冰箱中，凍得牙巴骨打得格格響。

可是，孩子們不怕冷，俗話說：「小孩屁股三把火！」天氣越冷越是孩子們滑冰的好季節。且看三九天的白土塘，已凍成兩三呎厚的冰，塘面像一個銀鑄的大盤子，正敞開胸膛等待孩子們投入它的懷抱。

我們滑冰沒有冰鞋或冰刀，只是兩腳拖著一雙大「茅翁」，跑著跑著突然停下來，憑著剎車不及的衝勁往前滑去。既要側著身子減少阻力，又要展開雙臂保持平衡，當然更要避免「撞車」，就像小飛俠一般，差點凌空而去。在那十冬臘月，原先凍得縮著頭、攏著背，不過一眨眼工夫竟能滑出一身大汗。

我滑冰不但滑得遠，也能滑出花式來，至於像只陀螺就地打轉，對我來說更是件稀鬆平常的事。

因為我已體會出滑冰的秘訣：「跌倒了！爬起來！」最為驚險刺激莫過於「跑響凌」，當冰尚未凍得十分結實之前，猛提一口氣，人就像蜻蜓點水一般跑過去，後面斷裂的冰塊「叭叭」亂炸，真過癮！如果腳步較重或是動作遲緩，便會隨著冰塊落入水裡，整個人變成「冰人兒」。現在想起來，不禁捏一把冷汗。

歲月如矢，想不到那滴溜打掛的柳絲塘畔，曾經有我黃金閃耀燦亮的年少時光，竟然如同電光石火一般，一閃即逝，永遠追不回來了。

記憶和酒一樣，只因時間越遠便越醇，給人的感覺是溫馨美好的。

無論如何，那年秋天終於回到我日夜思念的鄉土，迫不及待地跑去看看睽違已久的童年搖籃——白土塘，結果卻撲了個空。原來鄉人們為了增加耕作面積，已將白土塘全部填平，曾經何時，西缸窯變成了「煤炭窯」。

如今，黃土依舊默默耕耘，黑土（煤炭）正在大事挖掘，而白土卻已功成身退。

白土塘啊！白土塘！你在那兒？

青山泉小站

小時候，家鄉的火車站可以說是世界上最小的車站。

車站沒有月台，沒有房舍，沒有號誌，甚至開車的時間都不固定。自然沒有售票員、剪票員與收票員，如果再沒有人等車的話，橫看豎看也不像是一個車站。

家鄉的鐵路是津浦路的支線，因為賈汪煤礦的緣故，修了這麼一條三十里長的鐵路。再加上每逢三、六、九到敝鄉趕集的人潮，才有了這麼一個「青山泉車站」。說起是車站，也不過車子經過這裡停一下，方便鄉下人進城而已，似乎也不需要什麼設施。

既然這些列車專以運煤為主，自然沒有客車車廂，乘客若去徐州，只好爬上運煤的車廂，坐在凹凸不平的煤塊上。夏天還好，火車啟動時倒也涼爽。如果是冬天，或者碰上下雪，冷風刺骨，大家縮著頭、攏著臂，真是別有一番滋味在心頭。

對日抗戰期間燃料缺乏，烏黑發亮的煤炭，在鄉下人的眼裡並不是骯髒的東西，能夠坐在煤炭上有如坐在烏金礦上一樣的驕傲。況且，火車緩緩開動，沿途的孩子們齊集鐵路兩旁振臂歡呼：「丟塊炭！丟塊炭！」紛紛乞求乘客的施捨，如果有人丟下一塊煤炭，孩子們便一窩蜂去搶拾。

不過，當火車行進中，往車外丟擲煤炭是很危險的事：第一，砸破孩子們的頭怎麼辦？第二，如果被「維持會」押車的人看到便會惹來一樁大麻煩。可是還是有人往下丟。

我看了看，丟煤炭的人都是窮人，也許窮人同情窮人。

儘管如此，堆在車站兩旁的煤炭卻無人偷竊。那些煤炭從來沒有人看管，只是灑一些石灰水在上面，顯出白白的一層，如遭偷竊，必定露出破綻。

鄉下人膽子小，連碰都不敢碰，那層石灰水起了嚇阻作用，這也是他們的純樸、可愛之處。

有一位住在山後的莊稼漢，一生沒見過火車，在小站等車時，興奮得蹲下來不停地撫摸鐵軌，又用石子敲了敲，喃喃自語：「怪不得人家說鐵路，這鐵路還真是鐵做的呢！」

俗話說：「火車不是推的，牛皮不是吹的。」似乎開火車的人都有兩把刷子。

在老百姓的觀念裡，開火車是一件極為了不起的事。村裡那位大叔不但把火車開得嗚嗚叫！而家中燒的是無烟煤，全家吃香的，喝辣的，走起路來都帶風，村裡的人見了他都要客氣三分。

每當那位開火車大叔的妻子聽到火車鳴笛四下：「嗚——嗚——嗚——嗚——」便趕忙起床做飯，因為這是她與她開火車的丈夫連絡的暗號，表示：「我回來了！」真是土地爺放屁——神氣！

許多小學生上作文課寫「我的志願」時，就是立志將來「開火車」。

抗戰末期，有一年夏天整整下了四十天黃梅雨，青山上的刷山水夾帶著泥沙滾滾而下，小站水深及膝，鐵路整段淹在水裡，真是應了趙師秀的詩：

黃梅時節家家雨，
青草池塘處處蛙。

可是等大水一退，靠近青山這一段的鐵路柔腸寸斷，鐵軌、枕木橫七豎八，碎石子多已流失。這下完了，到徐州唯一的一條交通孔道已遭斷絕。在那兵荒馬亂的年代，如若等待鐵路工人來修復，等於望梅止渴。

天剛放晴，維持會便規定每家出一名伕子修鐵路，我家由我去。我雖然只有十四歲，已然是個半樁小子，大人們能幹的活我一樣能幹。

可是天到中午時分，維持會人員由幾名槍兵跟著前來檢查時，竟然一節鐵軌也沒裝上，大家只坐在地上吸烟、聊天、打瞌睡。問明原因，眾人異口同聲的回答：

「不會修！」

此時，維持會的人光火了，於是一個個用「槍探條」抽打，被打的人必須直挺挺地跪在地上，不准喊叫。否則，打得沒完沒了，邊打邊說：「看你會修不會修？」

我遠遠地站著，只見這些二鬼子劈頭蓋臉的猛打，下手之狠，可以說是「一摑一條痕，一鞭一條血。」

當所有的伕子都被打完，輪到最後一個人時，那個人就是我，我看了看沾滿血跡的槍探條，突然福至心靈地說：「我會修！」

剎那間，時間好像靜止了，眾人都用驚奇的眼神看著我。

維持會的人員自然不肯相信，當他再度喝令我跪下時，長志表哥一閃身從人群中走了出來，指著我說：「他很精！他是我們的級長，年年考第一。如果不精不會最後才出來，你沒看他的頭比詹天佑的頭都大。」我心裡暗想，他真會亂扯，我怎麼能與發明「火車自動連接器」的詹天佑相比。

不料，最後這一句話卻發生效果，維持會的人員果然瞄了一下我的頭，拎著探條走了，遠遠地擱下一句話：「不准回家吃飯！下午我再來檢查！」

於是，這群可憐的鄉下農人，忍住饑渴，便經由我的調度，修起鐵路來。有個人摀著額邊的血跡，埋怨我為什麼躲在後面不早說，害得大夥挨揍。

其實，一個毛孩子那裡懂得修鐵路，可以說連看也沒看過。既然已是騎虎難下，只得發揮「詹天佑精神」，將中庸上「不偏之謂中，不倚之謂庸」的「不偏、不倚」，化解為修築鐵路的「不寬、不窄」。再磋磨著鄉下人蓋房子的奠基工作，便動起工來。

首先，找一根木棍，取其長度與鐵軌同寬，拿在手中當指揮棒，吩咐大家比葫蘆劃瓢。先堆好石子，石子上擺妥枕木，最後再擺上鐵軌，軌距、軌高參照原來的樣子。我手持木棍仔仔細細量來量去，並留出課本上學到的「熱脹冷縮」的伸縮縫，釘上卯釘便成。

不到三天工夫，全部完工。

試車那天，我很擔心，深怕火車出軌，不但丟人現眼砸傢伙，而且必定惹來更大麻煩，甚至大禍臨頭。此時，我倒後悔起來，為什麼當時不硬著頭皮挨幾探條算了。於是閉上眼睛不敢看，只聽得一陣巨大的「喳喳」聲音響過，待睜開眼睛時，火車竟然四平八穩地向前駛去。

眾人齊聲向我歡呼，維持會的人員也露出從來沒有的歡笑。

平常的日子裡，同學們喜歡把粗鐵絲放在鐵軌上，待火車輾過，粗鐵絲已變成一把兩面有刃的小刀，既可裁紙，又可削鉛筆。

於等待火車輾鐵絲的這段時間，同學們比賽走單軌遊戲。兩隻腳必須一前一後垂直踏在鐵軌上，兩臂平伸保持身體平衡，步幅不能太大，否則便會「撲通」一聲掉進鐵軌下的白土塘裡。既驚險，又刺激，有趣極了。

每次輪到我走單軌時，同學們總會在一旁鼓掌，齊聲唱道：

大頭大頭，
下雨不愁，
您有雨傘，
俺有大頭。

原來頭大的人還有那麼多好處。

有一次，火車剛停妥，我把一截粗鐵絲小心翼翼地在車輪前邊放妥，猛然看見車底下有兩只發亮的眼睛瞪著我。我心頭一驚，本能地就要拉開嗓門大叫，不料，車底下那個人壓低嗓門說話了：「小兄弟！我是游擊隊員，千萬別出聲，要不然我就沒命了。」

我悄悄地轉身走開，好像沒事人兒一樣，裝做什麼也沒看見，什麼也沒聽見。不過，我的心一直「卜通！卜通！」地跳，夜裡做夢都會夢見那兩隻發亮的眼睛。

想不到，過了將近半個世紀，我又偕同妻子回到故鄉小站。青山泉村莊整個往東移，小站也跟著往東移，所不同的是小站有月台、售票房了，並有客車車廂，而大表姪廣福竟當上小站站長。往日孩子們「丟塊炭！丟塊炭！」的聲音已不復可聞，代之而起的是不絕於耳的小販叫賣聲。

小站已然趕上時代的脈動，由平淡趨向璀璨。

我家門前那條街

我家門前那條街是一根腸子通到底——一條通。

小時候，如果有人問我：「你家住在那裡？」我會毫不猶豫地回答：「青山泉鄉青山泉村青山泉街。」問的人總會好奇地望著我，彷彿在說：「怎麼街名、村名、鄉名會是一樣呢？」其實，除了那條街，青山泉也就只剩下「青山」和「泉水」了。

糧行、油行、布行、酒坊、醋坊、醬油坊、藥舖、燒餅舖、煙店、染坊店、棉花店林立。真可說是三步一店，五步一坊。

值得一提的就是如果青山泉沒有洗澡堂子，沒有剃頭舖子，沒有茶壺爐子，青山泉便不再是青山泉。因為商業使得洗澡堂子興旺，體面使得剃頭舖子人來人往，朋友使得茶壺爐子處處飄香。

感情使我們這個村子風水好，方圓幾十里的人都來青山泉趕集，只見那些推車的，挑擔的，扶老攜幼身背褡褳三五成群絡繹於途。

餓了，來碗熱粥、油條，或辣湯，煎包，要不然就是羊肉湯泡饃。稠稠香噴噴的熱粥，是故鄉特有的風味，價錢很賤，是一種大眾化的食品。包子棚中間支撐一根棍子，四週拉上幾根繩子，遠遠望去很像一把大陽傘，滿吸引人的。尤其是包子裡的綠豆粉絲，辣湯裡的綠豆粉皮百煮不爛。而且一滑入口，吃得令人幾乎連舌頭都吞了。

羊肉湯是全羊湯，都是用整隻綿羊放在大缸裡煮，綿羊尾巴肥肥大大的，全是油，老遠就聞到一股刺鼻子的羶味，吃的人就是喜歡那種羊羶味。羊肉湯泡的饃是「壯饃」——鍋盔，足足有兩吋厚，嗆麵壯饃很飽人，吃了很管飽。

平劇、豫劇、曲子、墜子、落子、大鼓書、玉鼓書、鐵板快書天天唱，對台唱。但說也奇怪，這些外來戲曲，總敵不過家鄉的土產《拉魂腔》。

由於《拉魂腔》是「千斤話白四兩唱」，通俗易懂。再加上男人扮坤角，打情罵悄也不害臊，村夫村婦們聽得津津有味，簡直著了迷。也許是太葷了，難登大雅之堂，不但大姑娘、小媳婦裹足不前，就連學校的老師也嚴禁學生去觀賞。

有時，他們也演正經八百的戲，譬如上演家喻戶曉的〈白蛇傳〉，這個戲裡有個法海和尚破壞白素貞與許仙之間的美滿婚姻。「白娘娘」坐在雷峰塔裡一把鼻涕一把淚邊哭邊唱，我偷偷往四下瞄一瞄，發現那些觀眾也是一個個感動得紅著眼圈抹眼淚。

有一天，演著，演著，二愣子硬說：「法海和尚是得道的高僧，替天行道，除魔斬妖。」一這下子可惹惱了那些「擁白派」，眾人一頓臭罵，甚至拳腳相向，硬是把二楞子趕出場外。

再說，《拉魂腔》土歸土，有些戲碼也是勸人為善。像〈張郎休妻〉那齣戲，與當下流行歌曲〈路邊的野花不要採〉有著異曲同工之妙。戲中丁香是以「家菜與野菜」作比喻，規勸負心的張郎：

野菜粗來家菜麵，
家菜野菜不一般，
你吃了家菜能當飯，能當飯，
你亂吃野菜費油鹽，
要惹禍端……。

全村唯一的一所國民小學位於莊子東頭，每天清晨孜孜學子三五成群徜徉於大街之上。黃昏時分又排成整齊的路隊，互道「再見」。

指望。

這群天真活潑的民族幼苗，對世世代代，「面對黃土背朝天」的青山泉人來說，是一種

在那兵荒馬亂的年代，要飯的滿街遊走已不稀奇，而是有一種慘不忍睹的「叫街」。叫街的人是要不到飯，瀕臨死亡邊緣的最後掙扎。

他們多半衣衫襤褸，蓬頭垢面跪在大街上，聲嘶力竭地吶喊：「大爺！大娘！行行好吧！」聲音之淒涼，動人心弦。更有甚者，為了博取同情，竟然左手拿著一把牛耳鋼刀，右手拿著一塊大石頭，硬生生地將鋼刀砸進腦袋瓜裡，鋼刀直挺挺地站著，剎時間鮮血直流。路過的人都繞道走，假裝看不見，我們小孩子也只是遠遠地瞧著。

想來，為求一口飯，世間的慘事莫過於自殘。

除了叫街之外，還有一種罵街，俗稱「王婆罵街」。不過，罵街的人不一定是「王婆」，只是中年婦人罷。

這種罵街的人多半為了芝麻綠豆大的小事指桑罵槐，發發怨氣。由於沒有指名道姓，誰也不會承認是在罵自己，恐怕只有被罵的人心裡有數。

舉個例子來說：王婆家裡丟了一隻雞，懷疑是隔壁吳家所偷，但又苦無證據，就在心不甘情不願的情況下，一場開罵於焉上場。

只見王婆坐在自家門前的石台子上，叉起腰，敞開嗓門咬牙切齒地罵道：「那個沒心沒肝沒肺的人偷了我的雞，叫你生個孩子沒長屁眼。吃了我的雞上吐下瀉，不得好死……。」大凡世間最難聽最惡毒的話都會罵出來。

說也奇怪，任由她罵得天翻地覆，眾人卻視若罔聞，從來沒有人加以勸阻，彷彿勸阻的人就沾上嫌疑似的。一直要等她罵得聲嘶力竭，甚至聲淚俱下，罵累了罵夠了才甘心。

最驚心動魄的莫過於「過兵」，那些兵表面上看過去是整整齊齊的隊伍。雄糾糾氣昂昂打著數，唱著軍歌，穿過大街。實在先遣人員號房子、徵糧食、要馬料、搬柴禾、抓扶子、抓兵、強買強賣……，正在暗地裡瘋狂地進行著。稍不順從便要點火燒房子。我們這些窮鄉僻壤的老百姓那裡經得起一再地搜刮，一聽說：「過兵了！」如同躲避瘟疫一般，家家戶戶緊閉門窗，只敢從門縫裡偷著瞧。整條大街冷冷清清，偶爾聞到遠處幾聲犬吠。

為了不讓抓兵的抓去，我則立即被母親趕往夾壁牆裡蹲著，一蹲就是老半天。

一般過兵，最多是「要你的人」，日軍過兵卻「要你的命」。老百姓只要一聽說：「日本鬼子來了」！不管三七二十一，總會放下手中的活計跟著眾人跑，轉眼間整條大街已是萬人空巷。

有一回，跑反跑不及，已然看到日軍耀武揚威騎馬而來。我一個箭步趴在街心「泰山石敢當」後面，逃過一劫，此後，該石香火鼎盛。

不過，盛氣凌人的小日本鬼子也有窮途末路的一天，那就是民國三十四年秋末冬初日本投降了，日本兵要上船回國。

是日一大早，大街上便擠滿了人，他們不是來歡送的，他們是來看日本鬼子的狼狽相。自然一些曾遭受日軍殘害過的家人，紛紛向他們丟石子、吐口水，甚至潑尿。

趕年集，我家門前那條街就成了走不完的街。

人，走在街上擠來擠去，被一波波的人潮湮沒。有時眼見家門在望，即使費了九牛二虎之力往回走，反而越走越遠。如同一個人掉進急流，連一根浮木也抓不住。

如果爬上青山往下瞧，哈！趕集的人群就像一簇簇黑色的螞蟻在蠕動。

年集中採辦年貨是大人們的事，當小孩子的我最感興趣的是看年畫。只見門神、財神、灶神、月宮圖、三星高照、八仙過海、觀世音菩薩，五彩繽紛地攤在地上，或掛在牆邊求售，令人目不暇給。

新年期間，大街上鑼鼓喧天，不是拉旱船、踩高蹺，就是舞龍舞獅的民俗技藝隊伍在大街上穿梭。其中，男的多半把臉擦得雪白，女的多半擦得鮮紅，隨著鼓點極其誇張地扭動腰肢。

其實，我最喜歡看的還是舞龍的表演，金黃色的巨龍整整有一條街那麼長，往往龍頭已出村子東大門，龍尾尚沒進村子西門。僅只舞龍的就有幾十號人，而且清一色都是年輕小伙子。

前面龍頭擺動，後面龍身，龍尾一波波跟著擺動。就像黃河的巨浪排山倒海而來，聲勢之浩大，使整條大街人們的血液為之沸騰。

我問昌後大哥：「古時候有沒有龍？」

「當然有！」

「誰見過？」我打破沙鍋問到底。

「要不然我們怎麼會是『龍的傳人！』」

咱們中國人是一個喜歡放炮仗的民族，每逢節慶，總要放炮仗應應景。尤其是農曆新年，白皚皚的雪花，映著紅刺刺的爆竹花，相映成趣。

因此，每當吃過年夜飯，我總是強忍住瞌睡，為的就是貪看放炮仗的情景。

除夕夜午時一到，家家戶戶門前便響起「霹靂啪啦」的炮仗聲。我總是又怕又愛，用兩個食指堵住耳朵，搶先衝出大門。只見整條大街一片火海，那凌厲的爆裂聲總讓我振奮，尤其是滿天飛舞的沖天炮，帶給我無限的遐思。

如今，大陸依然盛行放炮仗，且聽外甥女萍萍信中怎麼說：

江西人俗稱「老表」，風俗甚是多又怪，年三十晚上放通宵的鞭炮，什麼吃團圓飯要放炮，晚上關門的炮，早晨開門的，接春的炮。而且初七這天比年三十還要隆重，全家所有人都要到齊，鞭炮聲更是不絕於耳。等元宵節的鞭炮聲響完，便宣告年已過完。平時的紅白喜事、生孩子均要放鞭炮等等。

二月初二，各家都在門前用鍋灰圈成一圈圈的「摺子」猶如「彩繪大地」。摺子中間放一塊大石頭，石頭下面壓著五穀雜糧，祈求豐收。嘴裡要不停地禱唸：「二月二龍抬頭，金銀財寶往家流。」

就這樣，流逝了青春，流逝了年華，卻留不住歲月。

多少年來，只要一閉上眼睛，火樹銀花歷歷如昨，大街的街景就像風車般地一幕幕展現。想不到四十年後的一天，我竟能拜開放返鄉探親之賜，重又回到青山泉大街上。尋著記憶的腳印，從東大街徐徐走到西大街。對那一間間的店舖覺得既熟悉又陌生，對一個個來往的行人覺得既和善又冷峻，因為鄉親們一對掃瞄我的眼神是那麼地茫然。

我背負著前塵舊夢，一個人行走在街景裡，行走在人裡風裡，像一朵飄泊的雲，不知何處當止？

卷三

親情關不住

聽母親講故事

小時候，沒有電視可看，沒有收音機可聽，也沒有圖畫書可以閱讀，唯一的消遣就是聽母親講故事。

母親的故事非常通俗，隱約中含有哲理，啟發人一種去惡向善的心，令我終生受用無窮。

母親講故事，多半在仲夏夜晚，當一天的家務事忙完，母親總是利用晚上一邊「衲鞋底」，一邊講故事給我們聽。

母親講故事的聲調不疾不徐，講到可笑處大家前仰後合，笑彎了腰，母親卻抿著嘴不笑。偶爾停下手裡的活兒搧著蒲扇，等我們笑完了，笑夠了，再接著往下講。

聽母親講故事是一種享受，就好像聽《天方夜譚》一樣的新奇有趣。天方夜譚也不過一千零一則，而母親的故事永遠講不完。謹就記憶所及試錄數則：

＊餃子邊

吳員外每次吃餃子都不吃「餃子邊」，原因是餃子邊厚厚的沒有餡，吃起來沒滋沒味。所以他吃餃子都把餃子的肚子先吃掉，把餃子邊剩下來。

他家的長工劉七見此情景，覺得很可惜，便把那些餃子邊晒乾後收藏起來，日積月累裝了一麻袋，扛回家以備荒年。

不料，吳員外遭到一把天火，房屋財產燒得精光，連妻兒也燒死了。只剩下吳員外一人逃了出來，以乞討為生。

有一天，吳員外拖著虛弱的身子，要飯要到劉七家，劉七見到老東家落此下場，於心不忍，便請到家中坐，叫妻子趕快做飯給他吃。

劉嫂生了火，在鍋裡放點油鹽，爆些蔥花，燒了半鍋水，在麻袋裡抓了幾把乾餃子邊放下去煮。

煮好後，吳員外如風捲殘雲一般，一連吃了好幾碗，邊吃邊說好吃，因為他已經三天沒吃飯。

吃完後，吳員外精神漸長，抹抹嘴角，眉開眼笑地問道：「老七！你夫人剛才煮的是什麼東西？怎麼那麼好吃！」

劉七邊打開痲袋邊說：「你看看！這就是我在員外家當長工時，您咬掉的餃子邊嘛！」

吳員外一聽，羞得滿臉通紅，直說：「這是報應！這是報應！」恨不得有個地縫鑽進去。

＊門當戶對

媒人替阿木和阿花做媒。

阿木說：「我斷了一條腿，誰肯給嫁我？」

阿花說：「我瞎了一隻眼睛，也沒有人肯娶我。」

媒人聽了說：「沒事！沒事！一切由我安排。」

相親那天，媒人叫阿木站在堂屋外的門檻邊，假裝斯文，不要進去，讓門檻遮住他那斷了的半截腿。媒人讓阿花站在房門邊，假裝害羞，不要出來，讓門框遮住她那瞎了的一隻眼睛。

雙方遠遠地站定，媒婆來回穿梭，並且一再大聲嚷嚷：「你們可要睜大眼睛看清楚，當面鑼對面鼓講明白，如果發現缺隻眼少條腿可不能怪我。」

阿木阿花一個是身材魁梧，一表人才。一個是長髮披肩，亭亭玉立。自然是一見鍾情，都以為自己找到了理想對象，覓到了夢中情人。

成婚那天，入了洞房，一夕無話。第二天天一亮，兩人同時大吃一驚。阿木看見阿花瞎了一隻眼睛，阿花看見阿木斷了一條腿，於是大吵大鬧，都指責對方騙人。爭吵的結果，認為是上了媒人的大頭當。

於是找來媒人理論，媒人說：「我不是一再聲明嘛！『你們要睜大眼睛看清楚，當面鑼對面鼓講明白，如果發現缺隻眼睛少條腿可不能怪我。』」

＊天奶奶當家

天奶奶整天無所事事，待在家裡實在悶得慌。看到天老爺每天頭戴通天冠，身穿紅蟒袍，威風八面，心裡既妒又羨。

有一天，天老爺扳著臉回來，也沒和天奶奶打招呼，天奶奶看在眼裡沒好氣地說：「你每天逍遙自在，遊山玩水，回來擺臭架子給誰看？」

「我是出外巡視，是辦正事，那裡是去玩，你不當家怎知道當家的辛苦。」

「當家有什麼辛苦！也不過是發發號施施令，難道我就不配做個主當個家兒？」

「好！從明天起妳要當家妳就當家。」

天奶奶高興得一夜闔不上眼，第二天起了個大早，頭戴鳳冠，身著霞帔。在各路神明前呼後擁下，歡歡喜喜出了南天門。

天奶奶腳踏祥雲來到了河邊，只見行船的船伕吃力地拉著縴說：「天老爺！你就發發慈悲颳點風吧！您這樣一點風絲也沒有，船也駛不動，人也快累死了。」

天奶奶一聽，心裡想：「對呀！」於是便叫風神吹起風來。

不一會，來到桃子園，只見半生不熟的桃子落滿一地。種桃的人家哭喪著臉埋怨道：「天老爺！你就行行好少颳點風。你看風一起，把我們辛辛苦苦種的桃子全吹落了，我們要靠什麼生活？你不是存心想把我們餓死吧！」

天奶奶聽得心裡不是滋味，無趣地離開了，又到別的地方去。

走著，走著，只見一股香煙直沖雲霄。撥開祥雲往下一看，原來老百姓頂著大太陽紛紛求雨。天奶奶問日神是怎麼回事？日神說：「赤日炎炎似火燒，田野禾稻半枯焦。」原來田地乾涸了，井裡、河裡沒有一滴水，大地像一只滾燙的煎鍋。

天奶奶便命雷神打雷，電神打閃。緊接著陰雲密佈，「咕咚咚咚！」雷電交加，雨神便下起雨來。

過不了多久，只聽到一個路人說：「天老爺！你難道沒長眼睛！早不下雨，晚不下雨，偏偏在我趕路的時候下，把我淋成了龜孫子，是不是想存心和我過不去？」

天奶奶一聽，如同一個洩了氣的皮球。心裡想：這也不是，那也不好。於是吩咐眾天神，立即停止巡邏，打道回府。

回到南天門，天奶奶氣急敗壞地對天老爺訴苦：「明天我不當家了，好人難做，還是你當吧！」於是把經過的情形一五一十地說了一遍。

天老爺聽後平靜地說：

颳風留河邊，
莫進桃園，
晚上下雨，
白天晴天。

＊痛快死了

王大媽半身不遂，她的媳婦王二嫂恨不得她早點死。如果明目張膽地害死婆婆，不但犯法，還落得一個不孝的惡名。

有一天，王二嫂去請教一位江湖郎中，希望替她想個法子，神不知鬼不覺讓婆婆自然死去。江湖郎中告訴王二嫂：「吃茅芋頭蘸白糖，吃上一百天一定會痛快死了！」

王二嫂一聽，她認為這個主意不錯，便每天煮茅芋頭蘸白糖給婆婆吃。街坊鄰居看在眼裡，都認為她是一個難得孝順的媳婦。你們不知道，咱們這兒白糖貴，能有茅芋頭吃已經不錯了，若再蘸著白糖吃，那是富貴人家才有的事。

可是，百日之後王大媽非但沒死，反而面孔紅潤，精神飽滿。

王二嫂心不甘情不願地跑去問江湖郎中。

江湖郎中說：「我那裡教妳真的去害人，那是有損陰德的。不過，我說的『痛快死了！』是很痛快、非常痛快的意思。」

手足情深

我們兄弟姐妹六人分別住在五個省，大姐在山東，二姐在江西，大哥、三弟在河南，四弟在江蘇，我在臺灣。

離散歸離散，但我回家的那天晚上，兄弟姐妹已自天南地北趕來相聚。

大姐腰桿筆直，神采奕奕，見我的第一句話便說：「即使你拉著要飯棍回來，我們也會認你！」

二姐頭髮烏黑發亮，人不顯老，見我回去兩眼一直看著我，等她說得一句：「我們就是天天吃鹹菜也要在一起」時，終於按捺不住，「哇」地一聲哭了出來。

三弟人高馬大，滿臉胳腮鬍子，認為我是返鄉探親，不是衣錦還鄉，一再埋怨我何必帶東西回去。

四弟是在我離家以後才出生，有著李家祖傳標誌——濃眉大眼，連日來已把老家裏裏外外打掃得乾乾淨淨，並為我們夫妻換上新床單、新枕頭。

我有意宴請親朋好友，大姐說：「沒有這個必要，他們喝一口酒，我就會心疼一下。」三弟說：「不用自找麻煩，有人要罵就罵我好啦！」

四弟太太慧心巧手，烹調一種道地的家鄉口味，妻由衷地讚美，尤其是煎餅、辣湯、小米粥棒極了！

我很想把祖墳修一修，表哥認為不妥，他說：「依照咱們家鄉習俗，只有遠行的人或者絕戶頭才修墳，一般作興添墳。」

家中雖已有水、電、磚瓦房、水泥地，但其他兄弟姐妹過得到底如何？使我放心不下，遂決定各家走走，尤其大哥去世了，大嫂帶著七個孩子如何熬過那些艱辛歲月？實難想像。

於是，從華北到華南一家家造訪，每到一家都有一番親切感人場面，臨走時他們都挖空心思把家中最美好的東西，毫無保留地送給了我，更包括永遠化不開的縷縷親情。

我找到了根，找到了生命源頭。

一張無法投遞的賀年卡

人生不相見，
動如參與商。
——杜甫

皮夾裡的一張賀年卡隨我東飄西蕩四十多年，如今已經泛黃了，每逢過年我總會拿出來看看。

賀年卡是否由西洋傳入？不得而知，記得我讀小學時，就已流行互送賀年卡。不過，那個時候郵政不發達，賀年卡不是用寄的，而是送的。否則，郵差翻山越嶺到誰家送上一張賀年卡，會令收到的人哭笑不得。對於這麼遠道送信的人，總要給點腳力錢，要不然就得請他吃頓飯。

說來你也許不信，竟然有一些窮苦人家付不起腳力錢，郵差把信原封帶回。

因此，每逢新年將到，學校可熱鬧了，只要賣文房四寶貨郎的擔子往學校的操場上一放，同學們便一窩蜂地圍上去，選購自己心愛的賀年卡，買來之後寫上要好同學以及自己的名字，親自送給對方。雖然天天見面，甚至在一間教室裡上課，彷彿不如此做不夠莊重。收到的人也歡歡喜喜，欣賞完之後把它拿來當書籤。

其實，那個時候的賀年卡，大小只有三個指幅那麼寬，與書籤差不多，不過，沒有書籤那麼長，倒有點像「名片」。因為抗戰期間物力維艱，紙張缺乏，愛惜字紙已成為流行風尚，賀年卡印得小巧玲瓏，倒是別樹一格。

在同學們熱烈地互送賀年卡之際，我想起遠方的昌俊大哥，於是用攢下來的錢買了一張別緻的賀年卡。希望能藉綠衣人之手，傳到他的手中。

大哥是響應「十萬青年十萬軍，一寸山河一寸血」的抗日號召，當上青年軍。有一次，自蕪湖寄信來家，並附有戎裝照片。信中說：「我扛著機槍是一個勁一個勁的」，意思是他做了一名機槍手，行軍作戰應付裕如，不必掛念。不過，信尾卻說：「目前行止未定，暫勿回信。」

我讀後不免心頭一涼，只盼望他的部隊能夠駐防下來，給我一個寄賀年卡的機會。

自此，大哥的消息杳如黃鶴。

民國三十七年我隨流亡中學來台，行前很慎重地將這張賀年卡放在一個小皮夾裡，帶在身邊。縱然跋山涉水，餐風露宿，長年不得安定，以至於隨身所帶之物已無一絲半縷，但這張賀年卡仍然完好如初。

歲月匆匆，轉眼在台灣已住了四十多個年頭。眼見此間的賀年卡由於印刷術的進步，由平面而立體，由單張而多張，甚至鏤花、挖空、噴灑香水等等，五花八門，不一而足。近年來更流行音樂賀年卡，當將賀年卡打開之後，即有一縷清脆的樂聲悠揚響起，收到的人不覺心曠神怡，頓時沉醉在對方的祝福聲中。

在台灣，朋友之間甚少寫信，有事一通電話便解決問題。不過每逢新年一到，寄一張賀年卡表示平安、互道祝福總是免不了的。因此，每逢過年我都會收到一些賀年卡，將之置於案頭，五顏六色，爭奇鬥豔，大大欣賞一番，藉以享有一個美好快樂的新年。

所不同的是，在家鄉送賀年卡多半是在寒風刺骨、白雪皚皚的嚴冬。而在台灣則是繁花似錦、大地一片綠意盎然的「暖冬」，彷彿春天的氣息正濃呢！

可是每當我沉浸在快樂新年、友誼溫馨之餘，總會情不自禁地掏出磨得光光滑滑的舊皮夾，欣賞一下皮夾裡暗藏的「寶貝」——一張無法投遞的賀年卡。

這張賀年卡雖小，印刷倒也精緻。四週綴以花邊，中間壓成布紋，並以凸版呈現一幅中國地圖——秋海棠。地圖中間以紅字印上「恭賀新禧」、「謹頌前途光明」等字樣。

那個時候雖然沒有電腦分色，但地圖係赭色由深而淺渲染，並以兩團綠色襯底，益發突顯其立體畫面。

這也是我一直保存這張賀年卡的原因之一。

自政府開放大陸探親，我便迫不及待地偕妻來到河南，希望將這張賀年卡親自交給大哥，以了卻多年心願。不料，大哥因病去世了，乍聞之下，如同晴天霹靂。在焦作黃土崗上所看到的只是黃土一坏，斯情斯景，不由悲從中來，掉下兩行清淚，可以稱得上是：

小小賀年卡，
伴我走天涯，
投遞終無門，
傷心把淚灑。

三弟說：「咱們昌字輩六分之一埋在這裡。」大姐說：「下次你再回來，說不定咱們兄弟姐妹有的又不在了。」

上墳歸來，迎著和煦陽光，踏著軟綿綿的麥田，在這中秋的季節已有幾分涼意。不由打了一個寒顫，一隻出汗的手緊緊捏住這張賀年卡，一顆心一直往下沉！往下沉！

人生兩個寶

三弟昌庭生下來兩隻手一個大、一個小，有人說：「這個小孩長大後一手拿筆，一手拿槍，是一塊文武雙全的料。」說歸說，母親總是擔心他那隻小手日後軟弱無力，無法工作謀生。

讀小學時，同學們時常拿他的那隻小手開玩笑，說那是用來繡花的，三弟並不以為忤。反而向他們一個個挑戰，比賽「扳手腕」，當然他是用那隻大而厚的手掌，自然是所向無敵。只有被同學逼急了，他才掄起大拳頭捶他們。而那隻小手雖然不如母親擔心的柔軟無力，卻像女孩子的手一般細緻可愛，經常插在衣袋裡，不肯給人看。

上作文課時，老師出了個題目「我的志願」，大家都寫將來要做一個科學家、政治家，也有人要做經濟家或慈善家，可是三弟卻要「開火車」。因為村北就有一個運煤的火車站，每次看到都是十幾輛車廂排成一個龐然大物，把煤炭一車車裝得滿滿的開往縣城。與家鄉那些拖車、獨輪車、太平車比起來，有著天壤之別。可以想像得到開火車是一件多麼威風八面的工作。

立志開火車並不是什麼見不得人的事，卻被同學們譏笑沒出息。等作文簿發下來時，竟得個「甲上」，老師的評語是「平易務實，精神可嘉。」同學們更是不服氣，認為「開火車」不算是立志，幾乎鬧翻了天。

我離家前一年，也不知三弟在那裡學了幾句順口溜？經常掛在嘴邊唸道：

人生兩個寶，雙手與大腦。用手不用腦，快要被打倒；用腦不用手，吃也吃不飽。手腦都會用，才是大好佬！

真想不到，原來手與腦的關係這麼密切。

去年返鄉探親，知道三弟長大後並沒開火車，卻跑到河南鶴壁重型機器廠當工程師，真正發揮了「手腦並用」的神奇功效。而那些當年立大志的人，多半留在蘇北老家種地。

如今，三弟已退休，仍住公家宿舍，每月可領退休金一百六十元人民幣，閒來無事釣釣魚、下下棋。

一到三弟家，他便打開冰箱讓我看，冷凍庫裡放著三條魚，那是他知道我要來，特地為我釣的。我看了看，激動得一手握住他那蒲扇般的大手，一手握住他那溫暖的小手，悲喜交集，恍若隔世。

外奶奶的話

外奶奶一生沖淡平和，謙遜如常，骨架生得單薄，說話還特別精神，很受村中人們的敬重。

外奶奶的家和我們家同在一個村莊上，我經常都往她家跑，不為別的，只為了一到那裡就有得吃。她見了我總會習慣地問：「吃飯了沒有？喝湯了沒有？」我也是習慣性地將頭搖得像貨郎鼓一般。

於是，她便弄一些吃食，通常是盛一碗糊塗，捲一張煎餅，然後靜靜地坐在一旁看我吃。彷彿我的狼吞虎嚥，能帶給她莫大的安慰。

民國三十七年秋，外奶奶賣了兩斗小麥，讓我得以繳交學雜費，隨嶧縣中學來台。

臨行前，我背了一個行李捲，到村子東頭向她老人家告別。她踮著小腳，把我送到東寨門外，說了兩句話：「人只怕有享不了的福，沒有受不了的苦。」我聽了心裡不由「格登」跳了一下。

一路上尋思，莫非外奶奶歲數大了，一時情急，把話說擰了。誰不知道天底下只有受不了的苦，那有享不了的福？因此，也就當作耳邊風。

誰知人生的道路是坎坷的，要不時在逆境中抗爭，才能迸出生命的火花。多少大風大浪，不都這樣無怨無悔的走過來了。

因為在一路數來都是流浪的酸澀滋味，早就學會把痛苦壓在心底。使我深深體會出人的潛力無窮，韌性無限。即使到了悲慘絕望的時候，再大的苦也得承受，到了孤苦無援之際，再大的難也得承擔。

然而，福呢？莫非世間真有享不了的福？謹試舉例三則以茲印證：

一

記得留美期間，住在學校宿舍，單人房，廚、廁、衛、俱全，應該是既方便又舒適的事。惟獨冬天暖氣太熱，夏天冷氣又太冷，使人無法適應。

原因是宿舍採中央空氣調節系統，不但標準，簡直是超標準。夏天在室內凍得直打哆嗦，不過，光只冷還好辦，可以多加衣服。惟獨冬天讓人受不了，熱得渾身冒汗，縱然脫光衣服，一杯杯冰水往肚子裡灌，仍然熱得透不過氣來，想打開窗子吧！偌大的玻璃窗釘得牢牢的。

再看看美國同學如何？一個個西裝革履，打著領帶，悠哉游哉。

我問他們：「為什麼不怕熱？」

他們異口同聲地說：「這樣才舒服。」我的天！

我只好搧扇子，起不了作用；吹電風扇，無濟於事；保持「心靜自然涼」的古訓，也不管用。況且，當一個人心火上升的時候，心裡總是毛毛躁躁的，那裡能夠靜下來。

這種福氣我能享得了嗎？

於是，一不做二不休，不如到超級市場買把起子，把窗子的螺絲釘卸下幾枚，輕輕向外推開，用書本擋住，讓玻璃窗有點縫隙。立時，冷空氣透了進來，我大大噓了一口氣，這時才能得以心平氣和地看書，安安穩穩地寫作業，舒舒服服地睡覺。

二

台灣近年來經濟起飛，人人追求財富，無可諱言的，在生活品味方面比較低落。經過一陣子憨吃憕喝，如今卻回過頭來追求健康、長壽。就拿飲食來說吧！大家一窩蜂地選擇高鐵、高鈣、高纖食品。尤其電視台經常播出老年人骨質流失造成彎腰駝背的形象，令人怵目驚心。

為了預防「骨質疏鬆症」，我也趕時髦高價購得一罐高鐵、高鈣奶粉。預計早晚喝一杯，以代替我那喝了一輩子的稀飯和豆漿。

結果是馬尾巴拴豆腐——甭提了。

誰又能料到越是營養的奶粉越難喝，不但失去全脂奶粉應有的香醇，甚至有點酸兒瓜嘰。心裡想：只要能保持骨骼堅硬，不跌跤，不會變成羅鍋子就行了，難喝一點也不打緊，於是憋住氣皺著眉頭往下灌。

殊不知，喝下去不到半個時辰，五臟六腑翻騰不止，肚子在鬧革命。強忍也忍耐不住，只得往廁所跑，竟然像水一樣地又拉出來。

接二連三，屢試不爽，喝多少拉多少。

心有不甘，便去請教腸胃科醫生，據他說：咱們東方人的肚子本來就不適應牛奶，只有常常喝，使胃壁產生一種抗乳酸的黴菌，喝久了習慣了就好了。

於是，我每天望奶興嘆，就這樣喝喝拉拉，拉拉喝喝，終於把一罐奶粉喝光了，拉稀的毛病還沒止住。

這種福氣我能享得了嗎？

三

即拿衛浴設備來說吧！在台灣那家不是使用抽水馬桶。聽說有些騷包人家大便都不使用衛生紙，按鈕一按一股噴泉直射目標，把屁股沖得乾乾淨淨。沖洗完畢還會自動烘乾呢！真神奇！

偏偏我就沒有這個福份，說得明白一點，讓我坐著大便我的屁股就像鎖住一般，縱然憋得臉紅脖子粗，也拉不出來。

原因是，打從我穿開襠褲上茅房的時候起，母親就叫我蹲著屙粑粑，這一蹲就蹲了一甲子。有人說：蹲久了腿會麻，但麻也沒辦法，坐著硬是滴水不漏嘛！

我儘量放鬆心情，假裝把那件事情忘了，便試著坐在馬桶上聽音樂，不行；試著看報紙，無效。於是腦筋急轉彎，乾脆不用坐的，倒不如學耍猴，高高蹲在馬桶上試試。殊不知，這一招果然有效。只覺得肚子裡翻江倒海，一陣「呼呼嚕嚕！」如瀉洪一般排泄出來，好不舒坦！好不自在！自此，神不知鬼不覺我都採取自己的方式，蹲在抽水馬桶上出恭。

俗語說：「管天管地，管不著拉屎放屁。」我愛怎的就怎的，誰能管得著？多少年來我行我素，因為這是我的自由，也是我的秘密。並不是我怕人家知道，而是心裡有鬼，怕別人笑我是土包子，趕不上潮流。

想不到，我擔心的事終於發生了。

有一次，一時粗心大意，沒把廁所門扣好，正當我解完溲站在馬桶上繫褲帶的時候，愛妻文莉猛然推門進來。由於廁所裡光線昏暗，她一時沒察究竟，便呼天搶地拉開嗓門直嚎：「救命呀！救命！我老公要自殺啊……啊……」弄得左鄰右舍虛驚一場。原來愛妻見我站的那麼高，又在扯褲腰帶，還以為我要上吊！當大家弄清楚是怎麼回事，知道我這個怪癖之後，一個個笑得像猢兒猻抓耳撓腮，紛紛說：「有現成的福不會享！」

我恨不得找個地洞鑽了。

經過這件事之後，我才回味琢磨外奶奶的話。原來她是叫我不要一味追求享樂，有些享樂就像「國王的新衣」，多麼不切實際，反而會引來別人恥笑。相反地，要勇於面對現實，不要怕吃苦，不要怕受罪，天底下沒有過不去的火炎山。苦，或許是上天為人類精心製作的一種養分吧！

莊子曰：「人生天地之間，若白駒之過隙，忽然而已。」既是「忽然」，凡事何必斤斤計較。由此不難想像一個人大富貴必有大敗落，大喜悅必要大悲痛，天底下那有綻放百日的鮮花。倒不如澹泊名利，進而才能寧靜致遠，過著閒雲野鶴神仙般的生活。

記得有一首詩是這樣寫的：

一隻耕牛半頃田，收也憑天，荒也憑天；
兩過風清駕小船，酒在一邊，菜在一邊；
歸家兒女戲燈前，琴也可玩，棋也可玩；
日上三竿我還眠，不是神仙，誰是神仙？

望兒歸

老家在青山腳下有一塊一畝三分地，離車站不遠。每逢火車來時，母親便放下農活，注視下車的行人，直等到所有的人下完了，走光了，才神情落寞地繼續種地。

母親就是這樣盼望我回家，一盼盼了整整四十年。

自從開放大陸探親，終於有一天我回來了，我就搭乘這輛古老的拉煤火車，懷著一顆忐忑的心，來到青山泉車站，迎接我的卻是母親的墳。

我抱著墳頭痛哭：「我的娘啊！我的親娘！我回來的太晚了！」

恍惚間，母親已來到身前，她的笑容依舊寧靜祥和。往日的情景一幕幕展現：

多少個風和日麗的日子，母子倆挽著筦子挖野菜，邊挖邊唱兒歌：「薺薺芽／滿地爬／你扎我的手／我嗑你的牙。」

多少個酷暑的日子，母子倆頂著大太陽，到別人收割過的麥田裡挖麥楷根當柴燒。挖著、挖著，我中暑暈倒了，後來怎麼回的家我都不知道。

多少個秋高氣爽的日子，母子倆爬上青山割茅草。有一回碰上一條大青蛇攻擊我，我嚇得魂不附體。母親竟能用一隻手捏住蛇脖子，活生生地把蛇掐死。

多少個冰天雪地的日子，母子倆抬著一瓦罐水，從很遠很遠的甜水井一趟趟往家走。一不小心我滑倒了，瓦罐打破了，濺得全身上下濕漉漉、冷冰冰。剎時間，衣褲變得僵硬，我則嚎啕大哭，母親哄著我把我揹回家。

這情景歷歷如昨，然而母親呢？母親已化作天上的星星，一閃一閃亮晶晶。

老祖母的口頭禪

「青皮鴨蛋殼，財去人安樂」，這是老祖母的口頭禪。

這兩句話所凸顯的意義應該是第二句「財去人安樂」，至於「青皮鴨蛋殼」，不過是個贅句，陪襯一下而已。其實，不用說任誰也知道鴨蛋的殼是青色的。

贅句歸贅句，卻是如此押韻合轍，唸起來通俗、順暢，聽起來舒坦、受用，尤其是對那些損失財物的人而言，於張惶失措之餘，遽聞此語，猶如覓到知音，找到一顆鎮靜劑。

不料有一天，老祖母發現她的一枚戒子明明戴在手上，怎麼不見了？遍尋不著，我看她老人家急得像熱鍋上的螞蟻，於心不忍，便投桃報李，用她的「名言」安慰她說：「奶奶！青皮鴨蛋殼，財去人安樂呀！」她聽了，只是苦笑，並還以白眼。過了許多天才知道，那枚戒子是她娘家的祖傳之物，紀念意義遠遠超過金錢價值。

金錢是一種奇妙的東西，沒有它活不了，有了它會煩惱。雖然說「生不帶來，死不帶去」，但很多人在死去之前把錢都花光了。相反地，錢多了卻夜難安枕，東藏藏，西藏藏，不知放在那裡比較安全，故而有「此處無銀三百兩」的笑話。

有人外出，把家中所有的積蓄裝在一個皮包帶在身上，下車後才發現，卻將那只皮包遺忘在計程車裡。

有人為了預防宵小偷竊，把黃金、手飾放在報紙堆裡，不致惹人注意。日久天長，自己也不注意了，後來竟當垃圾清掉。

有人買了一個重逾數十公斤的金屬保險櫃，可以稱得上是「銅牆鐵壁」，於是，把金、銀、寶物一律放在其中。不料，有一天外出返家，發現保險櫃不翼而飛。

甚至有的人把家中所有的貴重財物，統統寄放在銀行的保險箱中，心裡想：這樣總可高枕無憂了？殊不知歹徒仍可鑿壁而入，把銀行所有保險箱一掃而空。

有的人錢被火燒掉。

有的人錢被朋友坑掉。

有的人錢被金光黨騙掉。

有的人錢被會頭倒掉。

有人因為有錢，惹來殺身之禍……。

記得朱子家訓中有兩句箴言：「勿置華屋，勿購良田」因為華屋與良田難免惹人眼紅。那是古代的說法，依現代人的觀點可說成：「勿買華車，勿戴鑽錶」。因為有人購買豪華轎車，不但朋友嫉妒疏遠了友誼，往往引來一些竊車賊，把它大卸八塊，運到國外去賣。有人戴著勞力士鑽錶出國旅行，卻被暴徒一刀把臂砍下，拖著血淋淋的手臂逃之夭夭。

這麼說來，倒不如做一個四大皆空的出家人，殊不知，一些鼠輩專偷廟裡的香油錢。尤有甚者，連掛在佛像上的金牌，以及佛像都不放過，因為佛像也可當成古董賣給外國人。

這也不是，那也不好，罷了！罷了！乾脆做個窮光蛋吧！那倒未必。依照我的看法，錢，夠花就好，否則，會變成金錢的奴隸。

古人云：「澹泊名利，寧靜致遠」如果成天抱著錢睡覺，滿腦子都是錢，一身銅臭味，頭腦必然不夠清晰，思路必然不會清明？試想一個惟利是圖，是非不分的人，又豈能自在自安，了解人生的本義，看破世間的悲苦，當然更談不上成大器，經世濟民了。須知：錢財乃身外之物，舉個淺顯的例子來說，有人將一罈金子埋在地下，一生一世不使其流通，死後後代也無從挖掘，那麼，他埋的那罈金子與埋的是一罈石子又有什麼兩樣？

因此，我們要抱著一顆平常心處世，摒除患得患失的心態，即使遇到天災、人禍、或重大損害時，若能退一步想：「青皮鴨蛋殼，財去人安樂」，那麼，世上便沒有什麼可煩惱的事了。

人生好似一盤棋

庭弟：

書桌上那對水晶球紙鎮，像一對巨龍的眼睛，裡面的花紋繽紛燦爛，給人一種無窮遐思。每當我寫毛筆字的時候，總會把它們移來挪去，將紙舒展平整，才得以自在揮灑。

當電話那端傳來你去世的消息，我的血液如同凝固一般，半響說不出話。連日來，我是書也不讀了，字也不寫了，從早到晚一直盯住水晶球抹眼淚。因為這對水晶球是你送的，從水晶球裡隱隱約約能看到我們的過去，看到我們的童年。

你生來就是一隻手大，一隻手小，俗稱「鴛鴦掌」。母親說：「長大後小手拿筆，大手拿槍，文武雙全。」我們倆在上、下學的路上總是唱著兒歌：「走走走走走！我們大手牽小手；走走走走走！一同去郊遊。」

我尤其喜歡執著你的小手教你下棋，唯恐你不記得，總會邊下邊唸口訣：

車走直路炮翻山，
馬走日字相走田，
小卒一去不回還。

有一回，你偏著頭問我：「車為什麼要走直路？炮為什麼要翻山？……」這回可把我問住了，只得順口說這是「棋規」，遊戲總得有遊戲規則吧！我說這話時心裡難免有些疑惑，整盤棋子要算小卒時運不濟，他們始終戍守前線，勇往直前，只能衝鋒陷陣，沒有一條退路。

下著，下著，你的棋藝進步了，不但我甘拜下風，甚至一些大人們也贏不了你，即使讓給他們「車馬炮」，他們還是拱手稱臣。因而，引來許多路人圍觀，不知是因為你手小還是人小，大家都叫你「小國手」。

小國手的雅號不是輕易得來的，是要經過「個人對決、校際聯賽」贏得來的。那時的小孩都在流行用石子在地上玩「下方、下六」，只有我成了你的「棋友」。因此，一放學回家，咱們哥兒倆就端著一個大棋盤蹲在石榴樹下「楚河、漢界」地廝殺，只殺得天昏地暗，日月無光。有時母親連連催著吃飯，我們仍是充耳不聞。

有一次去趕集，看見街角一位擺棋譜挑戰的生意人，我好奇地伸手一指就要開口，你卻猛地在我脊背上捅了一下，輕聲說：「二哥！莫吭氣！要不然他的飯碗就砸啦！」回到家裡二話沒說，你便將那五盤棋譜一一擺給我看。令人不可思議的是沒有一顆棋子落錯。原來那幾盤棋都是引君入甕的險著，唯有借力使力才能化解。

六個姐弟當中，數咱們倆的年齡相近，因此，整日在一起嘀嘀咕咕，有談不完的話題。母親為我們起的乳名是「新民、新庭」。加之，我的課業好，你的棋藝高，猶如日月爭輝，走起路來都帶風。母親經常引以自豪地說：「新國民、新家庭帶來一番新氣象。」

我在十五歲那年就毅然決然隨流亡中學南下。臨行前，你曾要我帶你同行，母親不肯。紅著眼框說：「留下昌庭跟著我，往後要飯也可多跑幾個門。」後來聽說你也是十五歲離家到了河南，我內心充滿著一種家庭衰敗離枝散葉的哀傷。

其實，我倒希望你不要像我一樣，如同一枚過河卒子，落荒而逃。我衷心盼望你能夠一帆風順，前程似錦。像車一樣走著陽關大道，開疆拓土；像炮一樣翻山越嶺，百發百中；像馬一樣縱橫紅塵，所向披靡。；像相一樣四平八穩，匡扶中興；像將一樣中流砥柱，旋乾轉坤……。

四十多年不見了，在我的腦海裡始終印著一個穿著安安藍花布小棉襖的稚齡兒童。可是當我與你二嫂在徐州火車站提著沉重的行李，跟隨人潮湧進地下道滾動的時候，忽聽身後

「二哥！二哥！」的叫聲，我還以為對方認錯了人。因為站在我面前這位身材魁梧一臉絡腮鬍子的大漢，正是我朝思暮想的三弟。

見了面，一陣愕然，你用蒲扇般的右手緊緊握住我的左手，用嬌柔細嫩的左手輕輕抓住我的右手。是了！是了！這是一雙我熟悉得不能再熟悉的「鴛鴦掌」。半晌，你說：「我有很多話想跟你說。」也許礙於眾人在場，你又不說。我想：那多半是一些淒美的故事，我們兄弟姐妹六人有六個不同的故事。依我看，傷心的故事多，歡樂的故事少。

在徐州火車站前吃水餃，我和你二嫂一人端著一個大海碗去舀湯。回來看到你竟然像老僧入定一般直挺挺地坐在那裡睡著了，細聽之下還有輕微的鼾聲。我們只是低著頭喝湯，彼此心照不宣。因為各自心裡有數，就是你那「原發性高血壓」益發嚴重了。

因此，雲龍山一日遊你沒能夠前往。

高血壓原本不是什麼絕症，聽大姐說，你隨身都帶著藥品，叫我放心。可是，我還是放心不下，也曾在台灣買了一些藥品帶去交給你的大兒子學貝，言明如果有效，隨時可再購買託人捎去。誰知你竟然來信說：「吃了沒效，以後不要再買。」不知是真的無效，還是怕我花錢，我知道凡事你都會替別人著想。

記得在鄭州火車站候車，你左轉悠右轉悠一會便轉悠不見了。當火車快要進站，我們急得像熱鍋上的螞蟻時，你卻一手拿著一串糖球（糖葫蘆），遞給我與你二嫂每人一串，長長鮮紅欲滴的糖球，令人垂涎。道道地地北方的酸楂，蘸著麥芽糖熬成的糖稀，咬在嘴裡咯崩咯崩響，酸酸甜甜真帶勁。

記否？小時候趕廟會，那時節我們都是倆人合買一串，便坐在石階上你一粒我一粒的吃將起來。不過，你都是從上面吃，我從下面吃，這是我出的主意。由於上面的顆粒小，下面的顆粒大，你從來不曾計較。如今想起，我是多麼貪吃！

去濟南大姐家，才知道二外甥海明也喜歡下棋，他提到你的棋藝時總是翹起姆指稱讚不已。本來我想和他下兩盤，當他獲知當年我是你的「啟蒙老師」時，連連說：「不行！不行！我怎敢『魯班門前弄大斧！』」

你生前曾多次提起，大陸上的兄弟姐妹很團結，不論誰有困難大家都會彼此照應。唯獨我一個人孤零零的在台灣，能夠照顧好自己就行了，不用擔心你們。

其實，做一名隨遇而安的過河卒子，只有自求多福，即使路死路葬溝死溝埋也是無怨無悔，因為誰也逃不出命運這盤棋局。

四弟昌弟與碧芳伉儷為了趕上能與你見上最後一面，一天一夜粒米未進，結果還是錯過了站，畢竟你已走到人生的終站。昌弟信中說：「咱們兄弟情誼一場，如流星過月。」流星過月，美則美矣，只可惜時間是那麼短暫。

據說：你是散步歸來，在家中與鄰居下棋，正值調兵遣將，談笑風生之際，忽見一枚棋子落地，你本想伸手去撿，不料身體後仰，眼往上翻，急送醫院搶救無效，腦溢血離開人世，前後不到半小時。

你一向迷信，出門都要挑日子，說什麼「三六九到處走，二五八家裡趴。」誰能料到家裡趴也趴出毛病來。

你真是生來做事果斷，死的決然。如同一顆棋子無聲無息落了地，再也撿不起來了。

你下了一輩子的棋，最後竟死在棋盤上。聽昌弟說，你是在娛樂中去世的，當可含笑九泉。你的撒手西歸與你平日「舉手無回」，瀟瀟灑灑棄子認輸的態度沒有兩樣。

可是，你這一走不大緊，卻剩下了一局殘棋，你那一大家子人呢？他們認為天塌了！家裡的大樑斷了！靠山倒了！驚惶失措無所適從是可以想見的。尤其是賢弟媳銀枝，正在廚房和麵，碰到這種突如其來的噩耗，一時悲傷過度，精神幾近於崩潰，鶼鰈情深，由此可見。

幸好在焦作礦山機器廠經營處當處長的大侄子學洲，在五交批發公司家電科當科長的三侄子學江，領頭把你的喪禮辦得風風光光，這應算是「哀榮」吧！並依照當地習俗，代為我的一對小兒女冬青、丹青購置花圈奉獻於靈前，可見他們辦事細心而周延。

大姐悄悄告訴我，在你生前大洲與三孩背著他們的愛人愛香與五妮，為你裝了一台空調，讓你一年四季過著「如沐春風」一般的日子。或許心境平和下來，不再煩躁，血壓就不會升高了。想不到，人生是如此短暫無常，這要命的隱形殺手，還是要了你的命。

你正值英年，棋藝如日中天，我打從心坎兒裡期盼，如果死亡能夠替代的話，寧可死的是我。因為做哥哥的總比弟弟大幾歲，起碼折壽十年給你我都甘願。

平日你也曾向家人談起，希望將來死後能埋在老家青山泉祖墳母親墓旁，與青山白雲為伴，與母親相偎相依，進入永恆的安樂世界。

庭弟！安息吧！人生好似一盤棋，英雄難與命爭衡，不論將、士、相、車、馬、炮、大兵、小卒，到頭來也不過是黃土一杯。將來咱哥兒倆如能在另一個空間相會，我真還想和你下兩盤棋呢！

卷四

趣譚一籮筐

趣譚

《中央日報》副刊有口皆碑，許多人訂閱該報，只是想閱讀它的副刊而已。記得多年前該刊曾開闢了〈趣譚〉專欄，每日只登一則，文長不過百字，連那些從來不看副刊的人也紛紛搶閱，成為茶餘飯後消遣的話題，一時蔚為佳話。

筆者有幸適逢其會，一時興起，寫了不少篇章。據編者統計，稱本人係撰寫趣譚最多的一人。而且其中一篇〈北門〉還經由《讀者文摘》轉載。

近年來，由於工商社會腳步加快，讀者甚至希望能在兩站地鐵之間喘一口大氣，喝一口水的工夫，能將一篇故事看完。因此，各大報紙副刊紛紛倡導「極短篇」、「掌小說」、以及「一頁小說」。也就是文章要能輕、薄、短、小。

既是如此，我總不能藏私，特披露出來，與讀者共賞：

*半瓶子幌蕩

「老師！為什麼有人說話時，喜歡夾雜幾個英文字？」

「這些人是一瓶子不滿，半瓶子幌蕩，像這種半瓶醋，本校大約就有十個Percent。」

*結婚對象

卅八年部隊隨政府來台，戰士們多值適婚年齡，那時男女交往保守，要想結婚不外追茶室、冰果店、理髮廳或彈子房小姐，故有人戲之曰：「不是熱，就是涼，不是拿刀，就是拿槍！」

*炸雞腿

謝先生升級，特在「家鄉味」擺了一桌酒席，請同事們喝酒，酒到半酣，跑堂又端上來一大盤炸雞腿，小盧說：「哇！已經有這麼多菜啦！誰還吃得下，擺在一邊好了！」飯畢，只見小盧拿出一個塑膠袋，將那些炸雞腿全部裝起來，嘴裡還說：「你們不吃，我帶回去餵狗！」

＊不是儉省

記者訪問台塑董事長王永慶先生，問道：「聽說您很儉省，當您發現肥皂只剩下一小片的時候，就將它粘到新肥皂上繼續使用，是不是？」

王永慶：「那裏是節省，只是不浪費而已！」

＊打派司

考試時阿丹傳給毛豆一張紙條，被老師當場發現，由於「人贓俱獲」，兩人的試卷都被抓去了。

當老師打開紙條一看，不禁怔住，原來上面寫著：「今天晚上我們去看電影好不好？」

＊左右逢源

偕彼得森至一家餐館吃飯，我指著牆上的一幅匾額對他說：「你看那上面的題字，從左向右看是『人人為我』，從右向左看是『我為人人』」。

彼得森說：「我們英文也有這種字，就拿『雷達』來說吧！從左向右看是『RADAR』，從右向左看也是『RADAR』」。

＊學英語妙法

王奶奶隨兒子、媳婦來美居住，她學習英語自有一套獨特的方式，她稱牙刷是「兔子不拉屎」，費城是「飛啦逮啦飛啦」，而密西西比，她竟說成「大姑娘洗澡」。

＊度蜜月

初來美國喬治亞州一小鎮，小曾對我說：「隔壁一對夫妻真恩愛，他們度了一輩子蜜月。」

「那怎麼可能？」

「誰說不可能？男的名字叫『新郎』，女的叫『新娘』。」

＊無本生意

林教授不論什麼課他都可以教，而且上課從來不帶課本。

於是大家都認為他是真正的「有教無類」，做的是「無本生意」。

＊研究生

考研究所時，監考人員發現鄰座一位考生考卷上的浮籤未撕掉，卻將試卷捲起之一角打開，便責備說：「你是怎麼搞的？講考試規則也不聽！」

該生說：我還不是想『研究』一下為何要捲起來嗎？再用漿糊黏上不就行了！」

＊事必躬親

蔡老爹說話喜歡加「親自」兩字，如「親自吃飯」、「親自洗澡」等。

近來蔡老爹病重住院，對探望他的親友說：「這次閻王老爺那邊，我恐怕要親自跑一趟了。」

＊小人國

「小人國」開幕前夕，公開徵求命名，我亦參加應徵，不久便收到他們的來信，決定還是用原來「小人國」的名稱。

妻獲知後說：「你怎麼那麼笨！謎面已經告訴你啦！你都猜不著。」

＊惺惺相惜

香港名作家徐訏，發現有人在台灣報刊上用他的名字發表文章，初則有些憤慨，後來他把這些文章找來細讀時，不由吃驚地說：「比我寫的還好嘛！就裝作不知道好了。」

＊胖人怕磅

家人由於營養過剩，一個個體重不斷增加，於是買了一個磅秤，用來提高驚覺。

太座是在臥房過磅，女兒是在浴室過磅，唯有兒子過磅時大模大樣，把兩隻腳尖踮起來，據說，這樣可以減輕一公斤。

＊棋高一著

老蔡一個人住在一間小房子裏，有天深夜推門進來一個不良少年，老蔡假裝睡著，並趁他翻找東西之時，將他帶來的手提袋悄悄移開。

當來人發現手提袋不見了，大喊：「有賊呀！」

＊近視眼

爺爺見小英躺著看書，便對她說：「你如果不改正看書的習慣，近視度數又要增加了！」

「可是，爺爺！您就是因為沒有近視，才會戴老花眼鏡的呀！」

＊春捲

每年國慶酒會，我駐美大使館都少不了一道外國人士最愛吃的餐點——春捲，而且一做就是幾萬份。有一年變換花樣，改吃油條。

不料，翌日一家報紙報導說：「中國大使館為了節省開支，今年春捲裏沒放餡。」

＊自相矛盾

同學們建議每個餐桌上能放置小毛巾，以便擦手。

總務課長答覆說：「如果放置小毛巾，大家擦來擦去容易傳染疾病；現在餐廳四週牆壁上不是掛著許多大毛巾嗎，那就是專門用來擦手的。」

＊埋怨

王家嫂子把魚燒焦了，吃飯時，王家哥哥一直在埋怨。

王家嫂子忿忿地說：「其實我也不喜歡吃燒焦的魚，你看我埋怨了沒有？」

＊不屑一顧

每當我寫的趣譚上報，全家大小都圍成一團爭著看。

有一次，我認為退回來的一篇稿子還不錯，也拿給他們看，不料大家一哄而散！

＊噱頭

每逢春節、端午、中秋，福利社供應的沙糖堆積如山，乏人問津。

自從新社長到任後，便印發沙糖優待券，並註明「每人限購一包」，結果購買者大排長龍。

＊舌劍唇槍

某次金馬獎頒獎典禮，聘請王雲五先生頒發最佳女主角獎。岫老對受獎者說：「可惜我一生從未看過電影。」

女主角說：「不過，我一生也從未查過四角號碼呀！」

＊武俠小說

臥龍生先生的武俠小說，常在報上連載，一些認識他的人見了面總會問起，後來故事發展的情形如何？

「其實我也不知道，我都是寫一天寄一天。」

＊醫科

台灣各醫院或診所名稱多冠以主持人姓氏，有位日本觀光客雖不會說中國話，但卻認得中國字，返國後對其友人說：「中國醫學分科真細密，竟有『牛眼科』及『左眼科』。」

＊釣魚樂

老徐的釣魚池，一年四季對外開放，按節收費，生意很不錯。

只見他每天一大早，用小貨車從市場拉些魚回來，有活的，也有死的，我問他買死魚做什麼？

老徐：「專門賣給那些釣不到魚，又想充面子的人！」

＊變魔術

丹青玩弄一枚硬幣，一不小心竟吞了下去。她媽媽急得把她頭下腳上拎起來，經過一陣拍、搥、捏的功夫，那枚硬幣居然又噹啷一聲吐到地上。

小丫頭不但不害怕，反而說：「媽！我的魔術變得怎麼樣？」

＊醫師

「我感冒啦！」

「回去多喝開水，多休息。」

×××

「吃你開的藥怎麼有點頭痛？」

「一切反應都是效果！」

×××

「我還沒把病情說完，你怎麼就把藥方開出來啦！」
「如果每個人都讓他說完，我一天才能看幾個病人！」

＊賀電

懷特與茱迪下週就要結婚了，當他們收到中國友人一分賀電時卻沮喪不已。
原來電報上寫著：「祝你們白頭偕老！」

＊大拍賣

最近市面上常出現拍賣商品的行業，有一次只見一位年輕人正拍賣電子鍋，觀眾為了貪叫價者可獲得贈品的好處，便紛紛喊：「一千五、兩千、兩千五」。
祇見拍賣者用竹劈邊打桌面邊吼：「好！就照你們三位所出的價錢，每人賣一個！」

＊甭吹牛

蒼蠅說：「白天是我的天下，再骯髒的地方我也敢去，從來沒有什麼細菌或寄生蟲奈何得了我。」

蚊子說：「夜間是我的天下，我專找萬物之靈的人類下手，喝他們的鮮血。」

DDT聽了憤怒的大喝一聲：「你們這些狂徒，統統給我倒下！」

＊洗衣機

阿媽：「洗衣機真管用，一次可洗一大堆衣服，雖然沒有手，可是洗得還是挺乾淨的哪！」

阿婆：「誰說沒有手，只是我們看不見，要不然衣服洗好後，為什麼每個口袋都被掏的翻轉過來！」

＊宜興茶壺

張彝先生除了舞文弄墨之外，最近突然熱中於老人茶壺，特將他岳父的遺物之一——宜興茶壺，翻箱倒櫃找了出來，放在洗潔精裏浸泡一陣，洗刷乾淨，煥然一新。

一日，被一位品茗專家見到，直搖頭認為可惜，並說：「這是一種稀世的古董，如果不刷洗價值就大了！」

＊造句

批閱學生英文試卷，有位學生用「is」一字造的句子是"Is is a verb."經我再三斟酌，還是算他對——給分！

＊北門

岳母第一次到台北來玩，當走到郵政總局前的時候，妻指著「北門」對她說：「這是古代的城門。」只見她老人家端詳了一會說：「蓋得還蠻結實的嘛！不過，既是城門樓子，為什麼要蓋在大街上？

＊好勝心

陳爺爺喜歡拉我到他家陪他下圍棋，每次我贏了，他都說是讓我的，並說什麼「好棋不贏頭三盤」，或是「大意失荊州」。最近兩次我故意輸給他，他不但堅持留我在他家吃飯，逢人還誇獎我的棋下得「棒極了」！

＊絕招

工友老陸患有口吃的毛病，半天講不出一個字來，卻偏愛找人聊天，同事們避之唯恐不及。經理說：「爾後誰再無故遲到早退，罰他陪老陸聊天一小時！」大家聽了，無不心驚肉跳，準時上下班。

＊學海無涯

甫自外語學校畢業，兩隻眼睛長在頭頂上，心想公餘之暇找個補習班教教英文，既可展示「才華」，又可賺點外快。

當第一次走進教室對學生說：「你們有任何問題盡管提出來，課外問題亦無妨。」

甲生：「老師！『肚臍眼』英文叫什麼？」

乙生：「請問老師：『不吃白不吃，吃了變白吃』怎麼翻譯？」

＊猴兒精

在台北動物園服務的剛鐵棟先生，他的「出勤」次數，以猴子生病為最多。

他說：「每當猴山上的猴子們看到他手提『麻醉吹管』走來，便會一哄而散。如果他空著手，猴子就會扮鬼臉，故意把屁股對著他撒尿。」

＊冤家

鍾老哥常為細故和太太吵架，有次，我勸慰他說：「對太太要懂得體貼，偶爾不妨誇獎一兩句。」

「沒有用，譬如前天她把稀飯燒糊了，我不但沒責備她，反而誇獎說：『今天的稀飯煮得特別好喝！』結果還不是吵了起來。」

＊誰的錯

詹姆士來華不久，有一天搭計程車說是要到「松山機場」。上車後，司機伸出大拇指，一直誇他的中國話講得棒極了。

結果，下車一看，原來是「中正國際機場」！

＊大鞋子

一家皮鞋公司為了吸引顧客，特地做了雙一呎二吋長的大皮鞋，放在櫥窗裡，旁邊貼了一張字條：「假如你穿著合適，就送給你。」

一日，來華研習中文的懷特路過，要求試穿，果然正好，臨走還說：「希望你們以後多做幾雙這種大鞋子！」

＊心無二用

小馮喜歡在辦公時間讀英文，看在經理眼裡很不是味道，有一天經理對他說：「馮老弟！一隻手按不住兩隻烏龜。」

小馮一時尚未會過意來，便應道：「小烏龜可以！」

＊不要按喇叭

嚴前總統家淦先生說：「政府執政的人好像是一位汽車駕駛員，有時難免行駛在狹窄的小巷裏，不幸抛了錨，後面的車子又不停地按喇叭，可是越按喇叭，前面的人越著急，倒不如幫助他想想辦法，儘快把車子修好，離開這條窄巷。」

＊心虛

畫家與模特兒正在畫室喝咖啡聊天的時候，這位畫家突然聽到走廊上一陣熟悉的腳步聲。「哎呀！我的天！」他輕聲叫著：「我太太來了！把衣服脫下來，快點！」

＊幹事

茅群生先生擔任中華射擊協會幹事，往往忙得連家都不能回，而受到太太的埋怨：「別人都很閒，祇有你整天忙得團團轉！」

「誰叫我是幹事，如果幹事不幹事，誰來幹事？」

＊銘謝

熊太太身材高大，對熊先生管束甚嚴，所以素有母老虎之稱。一日回到家裏，向熊先生訴苦，說她在工廠裏，如何如何受領班的欺侮。熊先生聽後，馬上坐計程車趕到工廠，向那位領班握手致謝。

＊亂「蓋」

公寓蓋好了，為了促進銷售，工地老板便在旁邊的一小塊空地上豎立幾塊木牌，分別寫著：「兒童遊樂場、運動公園、停車場、購物中心、幼稚園」等。今天路過一看，又多了一塊「超大型電影院」的牌子。

＊推廣米食

糧食局鑑於稻米生產過剩，國人有嗜食麵粉的傾向，特舉辦推廣米食運動研討會。會後浩浩蕩蕩到一家大飯店吃飯以資倡導，不料飯店侍應生說：「對不起！我們這兒沒有飯，請你們吃銀絲捲好嗎？」

＊取涼妙法

盛夏到了！教室裏既無冷氣，也無電扇，同學們都嚷著熱，老師聽後，便叫值日同學把門窗都關閉起來，大家覺得有些納悶，過了約半小時，當他再叫全部打開時，同學們異口同聲地大叫：「哇！好涼快啊！」

＊收視率

王先生一進門就大吼：「怎麼客廳裏沒有人，電視機還在開著？」只見太太和孩子們從廚房伸出頭來，異口同聲地說：「廣告時間嘛！」

＊去來有別

老劉為了節省開支，告訴太太：「以後如有客人來訪時，我叫你買煙、酒『去』你就講『小店關門』；我若叫你買煙、酒『來』，你才照辦。」果然，不論親疏，皆大歡喜！

＊長相

民俗技藝家，說鐵板快書的張天玉自我介紹說：「你們不要看我的長相難看，那是因為初看的關係，如果看久了，習慣了，你說怎麼樣？會覺得——更難看！」

＊睡不得

有一次乘計程車去台北，不意在車上睡著了，醒來時車子已抵中興橋，便伸個懶腰說：「天氣這麼熱，不知不覺就睡著了。」

不料司機卻說：「我也睡著了，只是不敢睡得太死！」

＊藉口

小強這學期的成績不理想，一直認為是老師不喜歡他的緣故，他媽媽對他說：「老師絕不會偏心的。」

「至少他不喜歡我的答案！」

＊四川話

老王說得一口道地四川話，平日喜歡狩獵，一日打電話興奮地說：「我今天獵到一條山豬……十一條（是一條）……九十一條（就是一條）。」

他到底獵到幾條，可真把我弄糊塗了！

＊四胞胎

賣豆花的老劉已經有兩個孩子，這次他太太一舉為他生下四胞胎男嬰。當助產士向他恭喜的時候，他聽後竟然昏厥過去！

＊色情藝術

在一次婦女座談會上，有人說「封面女郎」是藝術，有人說是色情，議論紛紛。名作家丹扉女士說：「如果他們能讓自己的太太或女兒拍攝該類照片的話，才真的是藝術。」

＊湖南官話

蔣廷黻博士擔任我國駐聯合國代表期間，每次都用英文發表演說，有一次返國述職時，被一位立法委員質詢：「既然中國話係經聯大允許使用的語言之一，何以貴代表每次都用英文演說？」

蔣博士：「因為我若講湖南話，翻譯人員不是聽不懂，就是替我翻錯！」

＊山水人物

張大千的巨幅廬山圖在歷史博物館國家畫廊展出時，有位參觀者問：「這張畫上怎麼沒有人？」

大師說：「要等我們回去才有『人』啊！」

＊新聞評論

每當電視播放「新聞評論」的時候，同事們都爭著收看，唯獨老張例外，大家認為他很怪。

老張說：「其實我已經看過了，因為每當我看新聞的時候，我太太就在一旁不停地『評論』」。

＊照像的藝術

徐儀女士，去摩耶精舍拜訪張大千先生，請求和他合拍幾張照片，大師一口答應，馬上回房換衣服，拍了幾張後，又再度回房換衣服。

徐女士問他為什麼又換衣服？大師說：「這才不像一次拍的嘛！」

＊保證保溫

妻開了一間五金店，她最喜歡夏天客人來買熱水瓶。只聽她連連地說：「如果不保溫的話，包退包換！」結果，從沒有一個人拿來換。

＊選美

老師講解「有志者，事竟成」時，引述新當選的「美國小姐」曼菲特作例子，說她以前參加過十二次選美會均告失敗，曾接受許多次整容手術，終於獲勝。

小梅隨即舉手發問：「老師！你看我的鼻子是不是有點扁平？」

＊錦囊

林海峰在日本名人及本因坊比賽中連番奪魁，有人問吳清源怎樣教出這麼好的學生？吳答：「我實際與海峰下指導棋的次數不多，僅告訴他一句話——追二兔不得一兔。」

＊打針

小女最怕「打針」，對於防疫針總是設法逃避，看到陳設整齊的辦公廳舍，也會向裏面指指說：「那是打針的」，絕不肯進去。

有天晚上他肚子痛，又哭、又鬧，又不停大叫：「趕快帶我去『打針』呀！」

＊生髮水

一位禿頭的人向藥房老板指責說：「你們的生髮水一點效用都沒有。」

「誰說沒有用，我們是用明礬和柿子汁混合製成的，用後雖然不會長頭髮，但可使頭皮縮得發皺，適於戴假髮。」

＊民主與自由

一位美國人與一位俄國人在為民主與自由的問題辯論。

美國人說：「我可以在白宮前面批評雷根！」

俄國人說：「我也可以在克里姆林宮前面批評雷根！」

＊拋繡球

阿憨人矮又胖，其貌不揚，已經三十五歲，連個女朋友也沒有，最近聽說大園鄉舉辦拋繡球擇友活動，一大早便趕往湊熱鬧，結果繡球是撿回來一個，可是拋繡球的人呢？據阿憨說：「跑啦！她一見到被我撿到，也不知道為什麼，就從後台溜走啦！」

＊解剖學

上解剖學時，老師帶來兩隻兔子，當同學們切割得興高采烈之際，小吳不慎弄翻了老師的手提包，裡面竟有蔥、薑、辣椒掉出來。

只見老師漲紅了臉說：「我這是不想暴殄天物，下課後想吃『辣子兔丁』的人就到我的宿舍來！」

＊爭書桌

小時候為了與二姐爭家裏僅有的一張書桌，乾脆釘個小木牌，上書「李昌民之位」，置於桌上，心想，如此就可據為己用了。

不料，被媽媽看到，大吃一驚，說：「怪不得這孩子近來常生病！」

＊蝸牛爬樹

數學老師出了一則試題：蝸牛爬樹，日上五呎，夜退三呎，七日才爬到樹梢，請問樹有多高？

小海問：「老師！為什麼蝸牛夜間要向下退呢？」

＊喝湯

大提琴家李天慧女士來學校講演說：「大陸同胞生活窮困，吃飯不叫吃飯，叫喝湯。那是用雜糧、野菜煮一鍋粥，丟一把鹽，全家老小每人端著個大海碗，稀里呼嚕地喝將起來。」

講畢，校長上台說：「剛才李女士學喝湯的樣子，和她的大提琴拉得一樣好！」

＊與民同樂

妻：「報上說楚留香差一點被迫停播，被一位立法委員以『恐招致民怨』為由護了下來。」

岳母：「這位立法委員真好！我要打個電話謝謝他。」

妻：「不要打擾人家啦！他這個時候恐怕也在忙著看楚留香。」

＊旁觀者清

有天晚上，我邊看趣譚邊說：「這麼差勁的趣譚，怎麼也會登出來呢？」

妻在一旁聽了說：「我看再差勁的趣譚，也比你退回來的稿子好呀！」

＊名字不雅

岳母邊看楚留香連續劇邊說：「楚留香的這位好朋友叫胡鐵花，最喜歡喝酒，另外愛上了黑珍珠的那個人，名字難聽死了，什麼不好叫，偏偏叫雞屁眼（姬冰雁）！」

＊赤兔馬

阿坤伯尊崇關公忠義，每逢節日便率同全家到關帝廟燒香。不幸的是他的小兒子有一天騎機車，撞上路旁電桿死了。

當他到關帝廟抱怨關公為何不保祐時，廟祝便假借關公附身在乩盤裏寫道：「關某騎的赤兔馬，日行千里人人誇，令郎乘的是機車，日行千二落後他。」

＊拜師

張大千夫人徐雯波女士拜馬壽華為師學畫，被張岳公知道後，就問她：「你為什麼不向自己的先生學？」

徐女士說：「我學自己的先生，如果學不像，就會被罵笨蛋，如果學的像，別人又會說一定是先生的代筆。」

＊女管家

外國老師邀同學們到他家吃飯，見其家人對年輕女管家都稱「阿媽」，問其原因，答曰：「這是我們這一帶做下女的人想出來的統一稱呼，也好在洋人面前爭口氣呀！」

＊免費

阿秀吃魚不小心，一根魚刺卡在喉頭，上下不得，經一家耳鼻喉科診所幫她取出，索價五千元，她吃了一驚說：「怎麼那麼貴！」

醫師說：「要不然，我再給你『免費』放回去好了！」

＊大學聯考

大學聯考已近，大寶仍然很貪玩，他媽媽促其好好用功，他說：「不用急，你看看同學在我紀念冊上的題字就會放心了。」

原來上面寫著：「祝你腳踩香蕉皮，一步滑進大學裏！」

＊陪病人

妻盲腸炎住院開刀，我前往日夜陪伴，除了看報紙之外，無所事事，不由嘆口氣道：「覺得好無聊！」

不料，妻接口說：「要不然我們來換一下，我寧願做一個無聊的人！」

＊死不了

參謀總長一級上將郝伯村將軍治軍甚嚴。有些部署故意把他的名字「郝伯村」三個字唸成諧音「活不成」。

後來，傳到郝總長耳朵裡，不料他卻淡淡一笑說：「你叫我『活不成』，我就叫你『死不了』！」

土包子

一

民國三十八年從大陸撤退，來到台灣澎湖當兵，有位小同鄉來看我，我拉他到冰菓店坐坐。向店員買兩支冰棒，店員說：「沒有。」向她買一斤香蕉，店員還說：「沒有。」我說：「你們這個沒有，那個沒有，到底有什麼？」她說：「有鳳梨。」於是我們叫了一盤鳳梨。

店員把鳳梨切成小塊，整齊有序地排列在盤子上，旁邊還放了一小撮白色粉末。我們以為那是糖，不約而同地每人用叉子叉了一塊鳳梨，蘸著「糖」往嘴裡送。結果一吃之下，哇塞！鹹死啦！原來是鹹巴！

二

常言道：「鐵樹開花一百年」，何其有幸，我來到澎湖不久就看到鐵樹開花。潔白的花朵，叢叢疊疊，皎潔而高雅。為了留住這難得的畫面，我特別花了一個月的薪餉，請照相館的攝影師扛著照相器材，走了十幾公里的路程，為我拍下那百年才得一見的歷史鏡頭。

過不多久，其他地方又有鐵樹開花，再過些時日，別的地方還有鐵樹開花，也可以說鐵樹經常開花。我向當地民眾打聽，他們說：「有的鐵樹是一百年前種的，有的是九十九年前種的，有的是九十八年前種的……。」

三

以前當二等兵，每月薪餉只有新台幣七塊錢，除了買洗衣肥皂、衛生紙之外，剩下的錢理髮都不夠。因此，我們的頭髮都是班長用剃頭刀剃的。

好不容易攢了一點錢，買罐蘆筍汁，找來一雙筷子，準備大吃一番。當打開罐蓋用筷子一撈、再撈，除了水之外，什麼也沒有。

四

有次到南部出差，天晚了只得住旅館，發現床上只有兩個枕頭，沒有被子，衣櫥裡沒有，床底下也沒有。由於天太晚了，加上自己又疲乏，只好和衣而臥。

第二天一早退房時，我問服務生：「被子在那裡？」他說：「你身下墊著的就是。」

五

清晨，去海邊游泳，海邊只有我一人。過不多久來了一對青年男女，相繼下水同游。游著，游著，突聽女的失聲尖叫：「救命啊！救命！」我與那位男孩奮不顧身把那個女孩拖上岸來。

男孩急急地對我說：「我們必須馬上做人工呼吸！」我說：「我從前在軍隊裡學過『心肺復甦術』。」當我運足氣蹲下身將自己的嘴巴靠近女孩的嘴巴時，猛不防女孩突然給了我一巴掌，尖厲地吼道：「誰要跟你呼吸！神經病！」

六

想當年與愛妻文莉認識不久，相約到海邊去玩，坐在臨海的礁石上相依相偎。看那白茫茫的海天一色，讓人心曠神怡，平添無限遐思。

當我緊緊握住她那溫暖的小手，只聽她輕啟櫻唇，用銀鈴般的聲音說：「你看！天邊的海鷗自由翺翔，多麼令人羨慕。」我說：「就讓我們比翼雙飛吧！」話剛出口，突然一陣瘋狗浪排山倒海而來，把我們推向岸邊五、六公尺。衣服都濕透了，照相機也被捲進海裡。

七

妻叫我到街上最大的那間西藥房買避孕藥，可是按時吃了之後仍然懷孕。我不甘受騙上當，拿著包裝紙盒前去理論。

不料，西藥房老闆笑嘻嘻地坐在那裡，蹺著二郎腿指著紙盒說：「你看看！這上面不是明明寫著百分之九十九有效嗎！誰叫你們運氣不好，碰到那百分之一。」

八

偕妻由大陸漢口火車站坐黃包車至長江碼頭，準備渡江赴昌雪二姐家。雖然事先講好了價錢，但是一路上車伕嚷著要加錢，原因是我們兩人太重。我想想有道理，便答應了。

走了一會，車子突然停下來不走了，車伕說是上坡，叫我下車走路。我想想有道理，便下了車跟在車後走。

走著，走著，車伕又說坡太陡，爬不動了，叫我推。我想想有道理，雖然穿著西裝，打著領帶，但我還是頂著大太陽一步一步將車子推上了坡。

九

家裡養了一隻花貓，經常偷吃魚，不勝其擾。妻要我丟掉，我把牠裝在一個麻袋裡，綁在自行車的後座上。爬山坡，走深溪，穿竹林，經水塘……，終於在一個懸崖峭壁上停了下來。便把麻袋解開，把花貓放了，其實，我心裡也有些不忍。

回到家裡，妻問：「貓呢？」我說：「放啦！」她指指矮凳，我一瞧，原來花貓正趴在上面睡覺呢！

十

岳父去世，每當燒香祭拜的時候，岳母總是一把鼻涕一把淚，哭得很傷心。見此情景於心不忍，我在一旁勸她不要難過，並說些「人死不能復生」之類的話，來安慰她。

有一回，我趨近又要勸她時，她突然停止哭泣，瞪我一眼說：「你真囉嗦！這是台灣哭的規矩呀！」

十一

六合彩盛行期間，鄉親們都跑到附近一座孤墳看名牌，我也前去湊熱鬧。只見墳前有一堆土，慢慢會浮現一些紋路。眾人便根據這些紋路的變化，猜測這位往生者顯示的號碼。

中午大家都回家吃飯，僅剩下我一人，我偷偷把泥沙抹平，猛然露出一條蚯蚓，原來是它在作怪。我撿起一根小樹枝挑起向後一甩，適巧丟到一個人的臉上。惹得這位仁兄哇哇大叫：「不好了！有人破壞風水！」我一聽，二話沒說，拔腿就跑。

十二

偕妻赴大陸探親，由深圳乘火車去香港。過了幾個站，我便向一位旅客詢問：「到香港還有多久？」他說：「這就是香港呀！」於是，匆匆下了車。

下車後才發現原來是一個小站，下車僅我夫妻二人，車站既無人看守，也無人收票。可是四週都是鐵欄杆，出不了站。情急之下，只好分別由欄杆上爬了出去，適巧碰到一位站務人員，他硬是叫我們按照香港法律規定爬回來。把票塞進一個小孔內，欄柵自動啟開，再走出去。

十三

有一次，從超級市場買來一桶沙拉油。炒菜時，倒一點在鍋裡就揮發掉，再倒一點又揮發掉，我心裡有點納悶。

於是，飯也不做了，提著桶到那家超市理論。不料櫃台小姐卻哈哈大笑說：「伯伯！這上面不是明明寫著『沙拉醋』嗎？是專門調理沙拉用的醋。」我只得抹抹鼻子走人。

十四

以前在部隊當副中隊長期間，有一次集合隊伍訓話，教他們注意個人服裝、儀容。有位大兵舉手發問：「報告副隊長！褲子的拉鏈要不要拉起來？」

「當然要拉起來！虧你還是大專兵！」低頭一瞧，自己的褲鏈卻敞開著，原來上完廁所忘記拉。

十五

有一天偕妻看電影，電影尚未開映之前，我已將入口處分發的「電影本事」看完。因此，在放映時，我便小聲告訴妻影片的情節。譬如說：「這個人以後會被打死」之類的話。想不到，鄰座一位觀眾拍拍我的肩膀說：「老兄！不要講話好不好！聽你這樣一說，我往下看就沒意思啦！」

過了一會他又拍拍我的肩膀，我沒好氣地說：「這回我沒有吭聲！」他說：「可是你的腿一直搖晃，搖的我好難受。」

農村的小名

有一天，隨愛妻文莉去她姨媽家作客，她姨媽見了我們非常高興，趕忙向屋裡高聲喊道：「鴛鴦！水鴨！快點出來！」不一會，跑出來兩位妙齡少女，原來「鴛鴦和水鴨」是兩個小表妹。

我聽了覺得新鮮有趣，不由想起大陸上的表姐與表哥，他倆的小名是「小鴨與小羊」。二舅替他們取的名字不是沒有由來的，因為小鴨表姐長得胖嘟嘟，走起路來搖搖擺擺，倒有幾分像鴨子。而小羊表哥呢？恰好相反，人瘦巴巴的，小臉蛋，頭髮捲曲，活像一隻長不大的小山羊。

對一個人來說，名字只是一種代表符號，應該與個人人品、學識、財富無關。不過，都市裡的人不那麼想，往往孩子還沒出生就把名字先取好，有些人多半是經過查字典，算筆劃，反覆推敲才決定。要不然，就花錢找《命名學》大師代為取名，無非想選一個吉祥，響亮的名字，將來也好在社會上揚名聲，顯父母，光耀門庭。

農村裡的人就不同了，他們取名字喜歡就地取材，因為鄉下生活貧困，教育程度落後，孩子多，那有那麼多閒工夫，即使叫「狗子、屎蛋」又何妨！只要不混淆就行了。

偶爾，鄉下孩子玩翻了臉，只聽有人罵道：「你是你！我是我！蛤蟆蝌仔是你哥！」其實，叫「蛤蟆蝌仔」也不會真的變成癩蛤蟆呀！如果將來上學堂覺得不好聽，然後再請先生取個大名不就行了。大名是對外的，要高尚，文雅。小名是對內的，專供自己人叫喚，要通俗、順口。如果碰到那些不上學讀書，一輩子蹲在家裡的人來說，他的小名如影隨形，也就稀哩糊塗跟了他一輩子。

台灣農村的小名第一個字多喜歡用「阿」字，以表示親切。男的如「阿金、阿木、阿水、阿土……。」女的如「阿英、阿秀、阿花、阿桃、阿珍……。」如果戲院的螢光幕上打出「阿秀外找」，必定有一大群女孩子跑出來。

蘭嶼人的小名多半與歷史人物相同，尤其是使用「三國」時代的人名居多，只要稍加留意，就會聽到有人高喊：「趙雲！曹操！咱們和劉備一起去打漁好嗎？」一時之間，彷彿進入時光隧道。

近年來，由於教育水準日益提高，小名已略有考究，不再那麼難聽了，如「帥哥、寶妹」之類。也有一些父母不知道是嫌麻煩，還是對子女疼愛有加？乾脆就叫自己的孩子為「弟弟！妹妹！」連自己的輩份都矮一截。

記得，老家青山泉北圍子裡住著「大毛、二毛」兩兄弟，我們家的飲用水都是覓他們挑的。大毛、二毛，再加上台灣的知名女作家「三毛」，倒底這幾個毛姓啥名誰？沒有人過問，足見小名的魅力有多大！

大哥是丙寅年生的，他的小名叫「丙寅」，年齡寫在名字上，多麼傳神。

母親為我取的小名叫「新民」，三弟叫「新庭」，因為那時已經民國了，象徵新國民、新家庭的意思。但大姐、二姐的小名則叫「大連、二連」，想必是巴不得接二連三能夠生出男孩來。果然天從人願，生了我和三弟、四弟。

誰能料到學問大的人取小名等於大才小用，不濟事，沒有人認同。印絹表姐自小由朱大帶大，朱大見她長得白白淨淨，於是另外給她取個小名叫「大白白」。長文表弟的小名叫「文治」，表奶奶認為「長文與文治」半斤八兩，沒有什麼兩樣，又見他遠自天津初來家鄉認祖歸宗，有點認生，便給他取了個「大憨子」的小名。

原先他兩人的小名是舅舅取的，舅舅的學問大，又放過洋，也許想別出心裁吧！想不到這種文謅謅的小名，在農村卻吃不開，不容易被人接受。

第一次返鄉探親到大哥家，才知道三姪子學江的小名叫「三孩」，他愛人思娥的小名叫「五妮」。三孩配五妮，天生一對。

離開家鄉這麼多年，許多事物已經淡忘，說也奇怪，惟獨那一個個鮮活的小名活蹦亂跳，不時衝撞在心頭，我記得有——

小四、小五、大孩、二孩兒、大妮、二妮、大嫚、二嫚兒、大ㄚ、二ㄚ兒、醋四、醋五。想生男孩的叫招弟、來弟、喜弟。想多生孩子的叫連生、大群、來群兒。想好養活的叫小歪、小丑。想長命的叫狗剩、狗落。用生肖作名字的有小龍、小虎、虎子、小羊兒、二虎、小丙、丙寅。用節氣作名字的有冬至。用花、草作名字的也不少。有的隨夫姓，如蔣廣義的老伴兒，村裡人稱老蔣兒，她的小名叫口口，可能生下來哭的兇因而得名。想發財的叫來福、金蛋、銀蛋。最後一個老生兒叫撈撈渣（小表弟的小名）。

蘋果的抗議

一日一蘋果，疾病不用愁。

目前，醫學界將蘋果列為防癌蔬果之首，因此，蘋果可以算得上是一種健康水果。從日常生活之中，不論居家或果菜市場，如果沒有蘋果，彷彿缺少了什麼。總覺得不夠豐盈，不夠體面。於是，待客或自食，它都是一種頗受人們歡迎，不可或缺的水果。

既是如此，何以偏偏有人指責蘋果的不是，數落蘋果的缺點，蘋果若有靈性，會作何感想？

例如：許多人都讀過「許地山」的〈落花生〉，因為這篇文章被選在兒童教科書裡，全文不長，卻用通俗的字眼道盡花生的好處。並教導學生：「要像花生，因為它是有用的，不是體面好看的東西。」

說花生有用，說花生深藏不露倒還罷了，因為這是花生的本性，花生的長處。如果突顯花生超然，而指桑罵槐罵起蘋果來那就不對了。難道蘋果一無是處，是一種中看不中吃的水果嗎？要不然，何以偏拿花生和蘋果相比：「這小小的豆，不像好看的蘋果、桃子，把它們的果實懸在枝頭，鮮紅嫩綠的顏色，叫人看了，口涎欲滴。」

這種批評與「紅顏是禍水」又有什麼兩樣？難道長得漂亮也有罪？也會惹人嫌？即拿「它們的果實懸在枝頭，鮮紅嫩綠的顏色」這件事來說，這有什麼不好。或許在許地山的眼裡認為它們是招搖撞騙，招搖即使是招搖，撞騙則未必。因為它們貨真價實、酸甜適中、美味可口，既可解渴又能壓餓。如果稱它們是「果中之王」並不為過。

俗話說：「買筆買個桿，娶媳婦娶個臉」。何況現在是一個講究包裝，重視自我推銷的年代。那種「深藏不露」的迂腐觀念，已成絕響。

如果當年牛頓沒見到蘋果自樹上落下，又怎能發現「萬有引力」。說不定人類仍停留在漁獵時代。

蘋果大致可分青龍蘋果、五爪蘋果、富士蘋果……。其中以青龍蘋果香、甜、脆最好吃。五爪蘋果、富士蘋果價格便宜，頗受廣大群眾的歡迎。

蘋果之香，是一種清香，尤似香水之香。蘋果之甜，是一種甘甜，甘美宜人，百吃不厭。蘋果之脆，吃起來「卡崩！卡崩！」別有一番風味。

蘋果嬌美而不嬌貴，如果買回來把它放在冰箱裡，即使十天半月絲毫不損原味。其實，它們是遠從韓國、日本、或美國飄洋過海來台，在海上已經漂流一段相當時日。台灣為什麼不出產蘋果？因為台灣地處亞熱帶，氣候太過溫暖。如此說來，蘋果樹必須要忍受寒冬的侵襲，才會結出香甜美艷的果實。這與「吃得苦中苦，方為人上人」的人類又有何異？

台灣從前蘋果價格昂貴，偶爾親朋好友送來兩個，多半放著不捨得吃。要不然一切四半，每人吃一小半，連果皮都反覆嚼著，不捨得嚥下去，細細品味那罕有的香甜。記得，我留美歸來，在舊金山臨上飛機前，特別在機場買了一大網兜蘋果扛在肩上。結果，引起老外的側目，同胞的羨慕，親人的歡樂。

近年來蘋果開放進口，價格低廉，自然是大吃特吃的好機會。況且蘋果不傷腸胃，減肥、養顏效果特佳。沒有副作用，甚受一般婦女同胞的喜愛。

美國人吃蘋果非常瀟灑，只見他們在衣襟上擦擦，便大口大口嚼起來，據說：蘋果皮的營養價值很高。

咱們吃蘋果還算斯文，多是利用刮皮刀翻過來掉過去地削。不過，蘋果吃完了，收拾起那一大堆果皮挺費事。

大陸上蘋果不但便宜，一塊人民幣能買一筐，而且他們吃蘋果的方法相當高明。不論在火車上、輪船上、公園、路旁，便可看到大人或小孩，誰要吃蘋果，便拿一把小刀慢條斯理地坐在那裡削。說也奇怪，蘋果皮竟然拖得長長一條，不會斷落。換句話說，一個蘋果由原先圓圓的一張皮，竟然演變成長長的一條皮。好似魔術表演，我看都看傻了眼。

蘋果除生吃之外，於盛產期間還可做成蘋果汁、蘋果派。至於做成「蘋果拔絲」，我是頭一遭吃過。據我所知，許多人非但沒吃過，甚至連什麼叫做「拔絲」也沒聽說過。

那年秋天，回蘇北老家，三姪子學江便做了一道蘋果拔絲。據他說：是跟他爹爹，也就是我那昌俊大哥學的。做法很簡單，先將蘋果去皮、切塊，裝盤備用。然後熬上一些麥芽糖稀，淋在蘋果塊上即成。

不過，要趁熱吃，要不然糖稀凝固了便動彈不得。吃的時候用筷子夾起蘋果塊，帶動出糖稀的細絲萬縷千條，真是剪不斷，理還亂。吃在嘴裡甜甜、酥酥、香香、脆脆，不知是蘋果沾了糖稀的光，還是糖稀佔了蘋果的便宜。總之，兩種滋味混合起來，便產生另外一種特有的人間美味。

大家都知道「吃果子拜樹頭。」如此美食當前，我們應該拜蘋果之賜才對，絕不能因它默默奉獻，說它掛在樹上招搖。不能因它外表生得豔麗，說它徒有外表，不切實際。更不能認定它理當受到人們的指責，反正它不能說話，不會反駁。

曾聽法性法師敘述她的出家歷程：「剛出家時，生活習氣還未調整過來，有一回端椅凳子，放下時叩了一聲，師父見狀馬上糾正：『做任何事，要善待一切眾生』」。我們對待椅子、凳子、乃至地面尚應如此，難道對待一個紅紅綠綠光光滑滑有皮有肉有滋有味的蘋果要格外嚴苛嗎？

蘋果既然給予我們視覺上的美感，味覺上的享受，嗅覺上的舒適。反而受到許地山的批評，眾多老師的指責，萬千學子的奚落，這公平嗎？

尤有甚者，有些消費大眾，也跟著起鬨。譬如：前往醫院探視病人，他們竟然忌諱攜帶蘋果。說什麼蘋果與「病故」諧音，真是莫名其妙！

如果我是蘋果，我要用音量高達一一五點九分貝高喊：「我——要——抗——議！」

米粉隊

台灣大小選舉不斷，故而形成一種罕見的「米粉文化」。

原因是候選人的贈品不能超過三十元，否則，即構成「賄選罪」。因此，候選人為了討好選民，便想出一套變通的辦法，那就是「炒米粉」。也許米粉的價格低廉，具有人情味，查察賄選的人員睜一隻眼閉一隻眼，要不然每次選舉，恐怕要有千千萬萬人坐牢，因為大家都吃過米粉了嘛！

不但候選人競選總部成立時要炒米粉，辦理說明會要炒米粉，甚至里民活動中心、婦女會、長青俱樂部各個定點都要炒米粉。到了選情白熱化，最後衝刺的階段，舉凡大廟口、榕樹下、兒童遊樂場都有炒米粉活動。

當路人經過，看到那麼熱鬧，一看便知是競選花招，不由分說，隨即靠近吃上兩碗米粉，也不稀奇。反正你吃我也吃，吃完了抹抹嘴就走人，往往連候選人是誰都不知道。

不是候選人捨得花這個錢，因為選舉講究「人氣」。倘若成立一個競選總部，大家都不靠近，連個名也不來簽，人氣散了，也就表示沒有人看重你，那還選個什麼勁？所以當他們炒米粉的時候，希望人來得越旺越好。

「人人有希望，個個沒把握」，這是對候選人的評估。他們為了增強信心，卻都迷信了起來。不但將各路神明請到競選總部享受煙火，而且到市公所登記時，還要看好吉日良辰，邀請眾多親朋好友前往助陣。登記歸來，自然少不了一頓米粉大餐，這算是炒米粉的熱身活動。

因此，住在候選人附近的民眾有福了，在選舉期間，天天不必做飯，頓頓可吃米粉。因為他們自詡為基本選票，全家大小吃得心安理得，理直氣壯。

說是炒米粉，那不過是一個幌子而已，除了不能「辦桌」之外，其實，雞、鴨、魚、肉樣樣都來。像什麼紅燒肉、肉羹湯、麻糬、湯圓、油飯、麻油雞、鴨肉酸菜湯等一應俱全。甚至連燒仙草、愛玉冰、廣東粥、牛肉麵、包子、饅頭、西瓜都可以上場。保證讓你吃得肚大腰圓，滿嘴流油。吃完後還可以大包、小包帶回家。

吃米粉不能白吃，起碼你要聽他發表高論，每位候選人會把自己說成是世界上最完美的人。當選後會幫你上天摘星星，下河撈月亮。什麼好話都說盡，只為求得你的一張選票。

他自己吹牛不大緊，還會請來各界「名嘴」輪番上陣，大吹特吹。甚至會說：「只要他當選，就等於你當選」不合邏輯的話。有的貴賓對整個選情不很了解，往往說了一些不中聽的話，候選人也只得乾瞪眼，譬如說：「×××人忠厚、老實，平日沉默寡言，從來沒有和人發生過爭執，可以說是一位大好人。」其實，他不知道，這是縣議員候選人政見發表會，我們總不能選出一個木訥的呆頭鵝做我們的代言人吧！

他們講話雖然不很得體，但講畢卻不會忘記拉住候選人的手高呼：「×××高票當選！當選！當選！當選！」一時之間歡聲雷動，再配合著連發響沖天炮，剎那間，沸騰到了極點。

我之所以要去聽候選人發表政見，因為我要看看他們如何推銷自己？如何無中生有？如何拍胸脯保證。彷彿個個變成了神，無所不在，無所不能。而且每講到一段的時候，就問你：「對不對？好不好？」殊不知那些吃米粉的人什麼也沒往耳朵裡裝，只是糊里糊塗地回應：「對！好！」此時的候選人士氣高昂，精神大振，披掛彩帶，親臨群眾，向選民一一點頭哈腰握手致意。

我們這個里前不久舉辦里長選舉，就有四個人出來競爭。而且里的範圍很小，大家都相識，可以說「抬頭不見低頭見」，真不知道要支持誰，只好表面上四個都支持了。

以往大型選舉，不痛不養，似乎那是政府的事，與我們小老百姓無關。這回里長選舉，要選出一位自己的大家長，馬虎不得。因此，候選人與選民息息相關，保持連番互動，乃至角力。

候選人為了鞏固票源，幾乎天天炒米粉，我們也樂得天天吃米粉。起先有些不好意思，好像那是「嗟來食」，只是自顧自地低著頭大口大口往嘴裡扒米粉。漸漸地臉皮也就變厚了，因為斜著眼一瞧，原來都是熟人。繼而一想：我來吃米粉，是給候選人面子，也就大方起來了。

不過，吃歸吃，如果叫我拿著麥克風上台亮相，我是從來不幹的，當我獲悉有的候選人事先安排我講話時，我寧可這頓米粉不吃。畢竟我沒有必要召告天下：「我來吃米粉了！」

吃米粉的人都有一項自知之明，那就是對候選人只說：「加油！加油！」是不夠的，一定要提出保證：「我們全家都支持你！我們全家都會選你！」對於候選人來說，他們好像是獵犬一般，鼻子一聞，就知道你是不是把票投給他。如果你說的話不夠中肯，他們會眼睛一瞪，毫不客氣地指責你：「就是這樣子嗎？」一定要叫你推心置腹地保證：「我不但選你！還會幫你拉票！」這就是「吃人家的嘴軟。」

那些現任鄰長的人更可憐，簡直如驚弓之鳥，除了於里長候選人競選總部成立時，贈送盆栽，或者花籃之外，如能再送給他一大包米粉更好。因為只有送米粉最實惠，最受歡迎。不過，四個里長候選人每人都要送，否則，押錯了寶，挺錯了人，你的麻煩就大了，他上任後第一個要換掉的人就是你。

有一位里長候選人為了爭取樁腳，把新任的鄰長名單已事先擬好了，這些平日大門不出，老死不相往來的住戶，一聽說搖身一變要當鄰長了，個個都現出了原形，賣力地拉票，分傳單、遊街……。而那些老鄰長風聞此事，也慌張了，深怕換掉，於是紛紛至這位候選人的競選總部表示赤誠擁戴的忠心。此時此刻，早已把什麼「選賢與能」忘得一乾二淨。結果這位候選人還是落選，讓人鬆了一口氣。

表面上看起來，當鄰長並沒有多大好處，每個月只不過一千塊錢，一份報紙而已。還要三不五時幫著市公所推行政令、分送稅單、傳單、通知單、農民曆等不說，而最令人頭痛的就向居民收錢了。尤其是附近廟宇的香火錢，每當逢年過節做戲要收錢，神明壽日要收錢，拜拜要收錢。「入鄉隨俗」嘛！總不能認為那是迷信，那不是市公所的公務，可以拒絕去做。真要到收錢的時候，除了少數對佛教有信仰的鄉親肯繳外，其餘大多數的人，能夠不給鄰長難看臉色就算不錯了。這時也只好忍氣吞聲，自己把錢墊出來，總不能收得太少，顯出無能。

既是如此，那麼大家為什麼爭著當鄰長呢！那就是不論大、小選舉，他就吃香，不是僅吃米粉而已。愈是他們表現中立，老神在在，各路候選人愈是殷勤拜訪。因為他們要藉重鄰長的聲望，影響大眾，其實，能不能夠影響得了，只有天知道。

有的候選人用嘴巴吹噓還不夠，並在海報上攻擊、漫罵其他候選人，說他們是請客、辦旅遊、烤肉等。實際上，這些活動都是他自己選前辦過的，他說這話一點也不臉紅。有的候選人政見洋洋灑灑幾十條，把什麼「照顧老人福利，照顧弱勢族群，爭取婦女權益，促進兩岸直航，」一列進去。也許他忘了他是在選里長，不是選立法委員。

儘管他們說得天花亂墜，選民大眾還是聽得霧煞煞。因為選民只關心「道路平、水溝通、路燈亮。」至於投給誰？心裡早就有了譜。

候選人也不是省油的燈，他們深知「吃歸吃，選歸選」的危急。便打出「××街大團結」的口號，甚至用眼淚戰術博取民眾的同情。乃至喊出「救命！」「危險！」「請搶救××一票」的花招。

「兄弟登山，各自努力，」這原本是候選人之間的協議。雖不寄望他們揖讓而升，但當雙方宣傳隊伍遊街相遇，互不相讓。當競選總成立時，互爭場地的事時有所聞。即拿我個人來說吧！也成為他們爭取的對象，竟死逼活逼地當上了兩個里長候選總部的「主任委員」，另外兩個里的「榮譽主任委員」。一時之間成為熱門人物。

為了造勢，候選人會大打美女牌，清涼秀。不但遊街由娘子軍助陣，而且請來一些歌舞演藝人員表演。也有邀請民間說唱藝術的班子，表演一些民俗節目，相當逗趣。

本來是平靜、樸實無華的小街，只要碰到選舉，一夕之間掛滿五顏六色的旗幟、海報、人頭像。好像嘉年華會一般，一會助選人員敲鑼打鼓從東街走來，一會舞龍舞獅的隊伍向西街走去。候選人偕同夫人披掛彩帶，活龍活現，緊緊握住你的手，一場接一場，趕也趕不完。

全里的民眾也跟著騷動起來，你趕我也趕，大家一起趕。候選人趕場是為了爭取選票，民眾趕場是為了吃米粉，因為不吃白不吃。

當選的人賀客盈門，鞭炮之聲不絕於耳，自然是米粉炒了一盆又一盆，任憑你吃個夠。沒當選的人想必是躺在床上喘大氣，至於他有沒有炒米粉，我也不清楚，您沒聽說：「只有錦上添花，沒有雪中送炭」的嗎！縱然落選的人炒了米粉，誰會厚著臉皮去吃？

一場激烈的選戰下來，每位候選人或多或少會剩下一些炒不完的乾米粉，於是分給那些工作人員帶回家，帶不完的便送給附近廟宇，作為冬令救濟之用，也算是做了一場功德。

當我手拿著各個候選人的名片，看看他們的頭銜一大堆，真是羨煞人也。什麼獅子會創會長、同濟會創會長、婦女會創會長、早泳會創會長、合唱團創團長、氣功隊創隊長、元極舞隊創隊長，以及外丹功隊創隊長等。也有的是指玄宮主任委員、慈雲宮主任委員、福德宮主任委員……。使人看得眼花撩亂，羨慕不已。

地方上能當一名小頭頭並不容易，一定要交遊廣闊，出手大方，才能獲得別人認同。而且旗下確實要有這麼一批人，來做人頭，有人頭才有實力，才有政治資源。遇到選舉時，才是大家爭取的對象，才能挺直腰桿，說話算數。

再掏出自己的名片比一比，不但一個「創」字號的頭銜沒有，連一個「長」字號的頭銜也是空空如也。不過承蒙太座讓賢，自軍中退伍下來，我卻當上了「家長」。可是，從來沒有人把家長頭銜印在名片上，我也不能例外。

眼看著「創」字號及「長」字號的人物都被別人搶光了，我不由臉紅心跳，於是靈機一動，自己為什麼不弄上一個什麼「創隊長」當當？也好過過乾癮，讓他們刮目相看。有鑑於選舉期間這些鄉親們雖然天天吃米粉，頓頓吃米粉，卻像一群烏合之眾，聽說東邊有米粉，便扶老攜幼往東邊去，聽說西邊有米粉，大家又像一群鴨子往西邊趕。如果能將這些人組織起來，運用起來，不是現成的人頭嗎？

想來想去，我要趕流行，趕時髦，乾脆打鐵趁熱，不如弄個「米粉隊創隊長」幹幹。成立米粉隊第一要「人員」，經我多日觀察、評估，人員不成問題。愛吃米粉的人就是那一群，大家都是熟面孔，想必能一呼百應。

其次是「經費和場地」，經費大可不必，因為候選人已經炒好米粉了嘛！只是等著大家扛著腦袋去吃而已。至於場地更無必要了，他們的競選總部就是咱們的場地。換句話說：米粉隊的場地不需固定，而是流動性質。

在入會資格方面：要具備「四能一有」。「四能」是能吃、能喝、能推、能擠。「一有」是要有大哥大，有了大哥大可以傳遞風聲，掌握最佳米粉點。

我既然身為米粉隊隊長，總不能一毛不拔。首先要做一面隊旗，每人再發一頂帽子，上面繪有米粉圖案，彰顯米粉精神。出發前人人先要背誦「吃米粉守則」：

一次要吃三大碗，
爭先恐後莫讓賢，
吃歸吃來選歸選，
情報交換要優先。

背完守則就要出發了，自然是挑選一個大個兒，擎著鮮明的隊旗作前導，一路踩著步伐，打著數「一二三四！一二三四！一二——三四！」朝著目標前進。

對了，我要馬上寫一首「米粉歌」，由音樂系畢業的小兒冬青譜曲，希望人人能夠朗朗上口，歌詞如下：

米粉，米粉，
大家都來吃米粉。
一天吃一次，
身體強又健。
一天吃兩次，
益壽又延年。
一天吃三次，
快樂似神仙。
米粉萬歲！
米粉萬歲！
大、小選舉天天辦！

我是一把鋤頭

自從青山泉老鐵匠把我打造成鋤頭之後，便把我放在貨架上待價而沽。

老鐵匠一天到晚風箱拉得呼呼叫，爐火沖天，把整個舖子燻得烏七八黑，他自己也抹了一臉一鼻子灰，赤著背，流著汗，「乓乓！乓乓！」打呀打。他師傅原來是替義和團打造兵器，由於武術式微，為了糊口，他才打造農具，如鐮刀、柴刀、鐵耙子、鐵叉子，還有就是像我這麼醜陋的一把鋤頭。

我不是自怨自艾，因為每當顧客拎起我看了看之後，總會撇著嘴對老鐵匠說：「這把鋤頭好難看！」

「難看有什麼關係！只要好用就行了。」

「難道你沒聽說『買筆買桿，娶媳婦娶臉？』」

老鐵匠無奈，便指指牆上蒙了一層灰的木匾讓客人看，那是他祖師爺留下來的：

操千曲而後曉聲，
觀千劍而後識器。

顧客看了看，搖搖頭，表示不懂，把我往架子上一丟，頭也不回地走了。

老鐵匠自言自語：「不識貨！」

同伴們又是一陣冷嘲熱諷，笑我：「佔著茅坑不拉屎。」

我心裡想：「我醜，可是老鐵匠喜歡我呀！」

鐵匠舖左鄰右舍都已改建成樓房，經營現代行業，一向固執的老鐵匠不但拒絕與他們合建，堅持打鐵趁熱，愈老熱呼勁愈大，要一直打下去，打到不能動彈為止。他認為：「一個人能做他最喜歡的事，最快樂了。」每天晚上別無他求，四兩白乾下肚，往床上一躺便唱起歌來：

早打鐵，晚打鐵，
打把鋤頭送姐姐，
姐姐一見笑呵呵！
先殺雞，再殺鴨，
辣湯燒了一大鍋，
青泉老酒任俺喝，
臨走又帶上兩張雜麵饃。

唱著，唱著，便睡了，嘴裡還「嘖！嘖！」地響，好像在品嚐雜麵饃的滋味。

有一天，一大早老鐵匠就把爐火捅開，等到藍火苗竄開，便把我送進去回爐。我覺得燥熱難耐，隨後又用火鉗子把我夾出來敲打，於是咬緊牙根硬撐。

我真得感謝孟老夫子，每當我支持不住時，想起他老人家的話，精神又來了。孟子不是說過嗎？「天將降大任於斯人也，必先苦其心志，勞其筋骨，餓其體膚……。」我雖然不是「斯人」，但我是「斯鋤」呀！

俗話說：「工欲善其事，必先利其器」，又說：「不打不成器。」經過老鐵匠這麼一陣捶打，簡直把我一身懶骨頭都打好了。他順手把我往爐旁的水桶一丟，只聽一陣「滋滋」響，好似脫胎換骨，舒服極了。

當他把我再從水裡撈起時，架子上的伙伴們都以羨慕的眼光看著我，向我歡呼！莫非我已改頭換面？

老鐵匠選了一支長長的木棍幫我裝上，算是我有了身體。他自己也披上多日沒穿的上衣，扛著我逕往東村走去，原來東村許大媽是他姐姐，她是老鐵匠唯一的親人，老姐老弟見面顯得格外親切，他便把我從肩上放下來說：「這是我特地為您家打的鋤頭。」

他姐姐見了，歡喜得笑歪了嘴，雙手一提說：「滿沉的。」

他姐夫許老爹接過來掂了掂說：「不沉！不沉！沉才能使得上勁。」

不用說，他姐姐又是盛情招待一番，雖然沒有雞鴨，他姐姐又阻止他姐夫去打酒，怕他晚上摸黑回去顛顛倒倒，摔到溝裡。但飯桌上，倒也有他最喜歡吃的香椿芽炒雞蛋、乾巴魚炒辣椒、雜麵窩窩頭、白芋糊塗……。只吃得肚大腰圓，從來沒有這般痛快過。

老鐵匠心裡想：「人多好幹活，人少好吃饃」為什麼我成天一個人吃饃總是沒滋沒味？臨走，老鐵匠用眼瞄了一下靠在門後牆角的我，並掏出幾塊錢給他姐姐，他姐姐堅持不要，他說：「肥田不如瘦店，妳還跟我客氣！」他姐姐才收下。

他姐夫許老爹天沒亮就興沖沖地扛著我往田裡走，他的田就青山腳下那一畝三分黃土地。那是他的命根子，全家人都要靠這塊地養活。

如今，他把我帶來了，我初次看到青山綠水，紅花綠葉，精神為之一振。可是許老爹沒有這個興致，他連瞧也不瞧一下，直奔地頭，也許他是急著「試鋤」吧！

許老爹東挖挖，西挖挖，嘴裡不停地咕噥著：「斬草要除根！」別看他的年紀大，他每次鋤草時，都是緊抓著我的身體，高高舉起，重重落下。「我的媽呀！」我就一頭栽進土裡去，用牙齒硬是把草根咬出來。

許老爹揮汗如雨，不停地揮舞著我，連連說：「好傢伙！好傢伙！」不過，一天下來，許老爹已變得灰頭土臉，氣喘吁吁，像一名戰敗的老兵。而我呢？也覺得頭昏腦漲，牙齦火辣辣的，很不是滋味。

此後，不論上山、下海、修橋、補路，都有我的份，老爹和我，就好像「公不離婆，秤不離鉈」。他即使坐在地頭上休息，也把我靠在他的肩膀上。

許老爹每天扛著我到處走，除了種地之外，便是找點零工來做。不過，終因這一帶水利不興，地瘠民貧，終年到頭「面對黃土背朝天」，挖，挖，挖，挖了幾輩子，連一日三餐都填不飽。許老爹的零工多半沒有錢拿，不是混頓飯吃，便是混幾支烟吸。

每次在收工之後，許老爹都會把我拿去河邊洗洗，還我本來面目，頓時覺得神清氣爽。不像從前待在打鐵店裡，成天無所事事，反而生了一身銹。

有學問的人把銹說成「氧化鐵」，氧化鐵生多了，就好像人類得了「懶病」一般，緊接著高血壓、糖尿病、痛風等都來了，什麼事都不能做，只有吃飽了等死。

我既然不需要信宗教，做生意或讀書，但是我要工作！我要奮發！我不要生銹，我不要變成氧化鐵，一個被遺棄的無生命體。

我最喜歡的工作就是挖地瓜了，許老爹一鋤頭下去，就是一大串地瓜，許大媽歡喜得一面撿拾，一面唸「阿彌陀佛」，使我有著一種成就感。挖完地瓜緊接著就挖地瓜窖子，把所有的地瓜都放進去儲存，這正符合了「春耕、夏耘、秋收、冬藏」的時序。也使我覺得對平日鬆土、除草的工作沒有白廢。

到了晚上，我是他們家的「頂門槓」，我採取前腿弓，後腿蹬，形成一個支撐點。就像大象一樣站著睡覺，而且睡得滿舒服。

記得：一個月黑風高的夜晚，伸手不見五指，鍋屋裡「窸窸窣窣」一陣聲響，把許老爹、許大媽弄醒了。許老爹提著我躡手躡腳去查看，原來是小偷。許老爹身子一矮，把我往前伸出去一勾，往後一帶，只聽「撲通」一聲，小偷已然四腳朝天，哀告求饒。許大媽吹燃紙媒子一瞧，原來是西門外沒爹沒娘的傻三，非但沒有難為他，許大媽反而給他一個窩窩頭。

有一回，許老爹出伕子，扛著我去修馬路，監工的是日本效仿隊，許老爹又犯了他的老毛病，窮嘀咕。有位二鬼子制止他不聽，二鬼子便從許老爹手裡奪下了我，雙手一掄，無巧不巧正好擊中許老爹的腦袋瓜子，只聽「卡擦」一聲，許老爹連大氣都沒吭一聲，倒地口吐白沫，死了。

許大媽帶著她那老生子長庚，找來長庚的舅舅老鐵匠收了屍，在那人命薄如紙的亂世，死個人就像死一隻蒼蠅、螞蟻一樣，連哭都不敢哭一聲。

許老爹的墳墓也是我挖的，我越挖越傷心，因為我是「兇器」，我害死了自己的主人。

我恨不得能像孫悟空的那支緊箍狼牙棒，任意在天空游走，找著那個二鬼子，狠狠給他幾鋤頭，把他打死償命。就像剷除田間雜草一樣，剷除人世間的雜草。

本來老鐵匠有意要收他外甥長庚做徒弟，將衣鉢傳給他。不料，自己卻因長年吸入打鐵爐太多的煤烟，得了癆病，成天「咳咳咳！」不久咯血而死。

他死得固然可憐，但他活得更為可憐。

至此，我就足不出戶，閉門思過，整整在家裡待了三年，也荒廢三年。

這三年之中，不是許大媽他們一大一小要置我不用。而是有一年夏天，刷山水一過，他們那塊地整片都流失了，只剩下嵌入地面的大石塊。許大媽帶著她兒子和我在田裡忙上老半天，既無從下手，也無從著力。不要說我這個鐵齒，就是金鋼齒也派不上用場。

三年來，許大媽就靠著撿拾禾穗，挖些野菜充饑，夜裡等長庚睡著了，便坐在許老爹靈前，兩手握住腳脖子，一把鼻涕一把淚放長聲哭泣：

我的天呀我的地，
老爹死得太委屈，
漢奸走狗天良喪，

刀山油鍋等著伊，
啲啲啲啲……。

人間有夢，誰又會知道我鋤頭也有鋤頭的夢。

有一回，我竟然夢見自己是許老爹，扛著寶貝鋤頭到後園石榴樹下掘寶，結果掘出一罈金子。我們發了財，蓋了新房子，買了新衣裳，每天都有大魚大肉吃，吃的嘴角都流油，從此不用再種田了，我便把鋤頭抹了一層油，看起來明晃晃！亮堂堂！在供桌上供著。

我正在沾沾自喜之際，不料，長庚一拉我，我便醒了，原來我還是鋤頭。

如今，青山泉地下有煤礦，年輕人都去挖煤，長庚也不例外，每天一大早他就拎著我去上工。原先許老爹扛著我似有千斤重，此刻到了長庚手上卻輕如一根白蠟竿子，他甚至把我當作花槍耍，嘴裡總是哼著他那千篇一律的小調：

三國戰將勇，
首推趙子龍，
長板坡前逞英雄，
一二！一二！

牽手的話

據說：人類原本是男女背脊連在一起，雌雄同體，只是走路時有諸多不便，一個前進，一個後退，因此時常發生爭執。造物者有鑑於此，於是用魔刀從中切開，一分為二，各自自由活動去吧！要不然我們的背部也不會那麼平整。

不過，問題卻因此而發生了，那就是找尋另一半的問題，茫茫人海到那裡去找？如果找對了的人自然是歡歡喜喜，恩恩愛愛，找不到則注定孤獨一生。更不幸的是許多人找錯了對象，可想而知那是一對冤家、怨偶。

台灣人稱太太為「牽手」非常傳神，實際上，夫妻倆若能牽著手走完一生，那是那麼瀟灑！多麼幸福！堪稱神仙眷屬。

其實，做一對神仙眷屬並不容易，起碼要從早到晚耐著性子聽對方說話，縱然有些話已經聽過千百回，還是要聽。現在我試著把我聽了不知多少遍我那牽手的話寫下一點點，也讓讀者諸君聽聽：

妻說：她最不喜歡坐飛機了，因為飛機一旦在空中遇難，根本沒得救。可是，令她不解的是，既然飛機出事時無一生還者，為什麼還有那麼多人前仆後繼呢？莫非在存僥倖心理？他們可曾想到如果發現飛機就要爆炸了！自己能怎麼辦？

妻說：她最喜歡吃冰，因為吃冰可以全身舒服，即使傷風、肚子痛，也不用看醫生，吃兩支冰必定痊癒。尤其當寒流來襲，抱著被子吃冰，那才過癮呢！

妻說：她下輩子要投生為一位美女，她一定要向閻王爺極力爭取，不但人要長得美，腳要生得小，而且要出生在富貴人家，當個有錢人家的千金。到那個時候丫鬟婢女一大堆，真是好極了。

妻說：她最崇拜美國名歌星「貓王——普里斯萊」，貓王眼睛藍藍的、深情的很性感。尤其在〈軍中春宵〉一片中，搖滾樂浪漫激情，歌曲帶有磁性，簡直迷死人了。

妻說：她要告訴兒子、媳婦，死後不要把她送進殯儀館，因為那裡都是死人，鬼一定很多，簡直會把人嚇死！

妻說：她最討厭別人向他借錢，碰到這種事她都直截了當地說：「我沒有錢！」她認為借錢的人都是厚臉皮，說什麼時候還錢根本靠不住。因為他們「生吃都不夠，那來晒乾。」

妻說：她從來不替別人作保，並且還會向那些要她作保的人說：「我連自己的兒子、女兒也不敢保。他們雖是我親生的，但我總得保住老窩，保住老本吧！」

妻說：她不喜歡吃素，如果吃素的話她會偷吃葷。雖說青菜、豆腐好，但那能敵得過雞、鴨、魚、肉味美，那是擋不住的誘惑呀！有人說吃素是為了修來世，可是到底有沒有來世？如果沒有的話，那不是太冤枉了嘛！

妻說：人死後能夠還陽的話，她寧願死一次，看看到底有沒有天堂？有沒有地獄？有沒有上帝、閻王、小鬼？有沒有刀山、油鍋？

妻說：她不愛住鄉下，她喜歡住在城市裡。什麼青山綠水，鳥語花香，那是都市人偶爾到鄉下旅遊說的風涼話，也是文人、雅士作詩寫文章用的詞句。你們瞧：城市有多麼好！高樓大廈、車水馬龍，還有廿四小時不打烊的便利商店，這才是人間天堂！

妻說：她最喜歡打會，現在銀行存款已逼近零利率，有錢千萬不能往銀行裡存，最好拿來打會。打會有多麼好呀！不但利息高，想用錢就可標出來。而且是「互助會」，落下一個「互助」的美名。

妻說：世界行行業業都是一種生意，廟宇是生意，法院是生意，即連競選民意代表也是一種生意。說穿了，還不是為了錢。要不然，廟宇為什麼設置功德箱？法院為什麼要繳裁判費？再說民意代表若不是為了錢，選三次不就選窮了！

妻說：她最討厭別人問她幾歲？問她體重？問她三圍？問她一個月收入多少錢？對於這類無聊問題，說實話不好，說假話也不對，乾脆就說：「不知道。」

妻說：她最討厭生病看醫生，更不願意作健康檢查，自己的身體狀況自己知道。想吃什麼就吃什麼？因為吃什麼補什麼？要不然男人為什麼偷偷摸摸吃狗鞭？

妻說：科學家推算地球距某個星球多少光年是騙人的。如果他們不弄點東西出來，怎能唬人？怎能樹立個人的權威與地位？

妻說：一天之中她最討厭洗臉，最喜歡洗澡了。因為洗臉是一天的開始，繁忙的工作正等待著去做。洗澡是一天的結束，可以安安穩穩休息、睡大頭覺了。

妻說：跳舞有什麼稀罕，會走路的人就會跳舞，我只是不想學罷啦！那些早起學跳舞的人，也許晚上都睡不著覺，恨不得天能早點亮，趕快起床，化化粧，好給男人抱。

妻說：一個人有沒有學問，由舉止言談就可看出來。而且有學問的人可以賺大錢，做大官。小時候我不知道讀書有那麼多好處！否則，我會拼死拼活向父母爭取。絕不會當別人在讀書的時候，我去工作，去學洋裁。

妻說：吃喜酒有什好？我最不喜歡吃喜酒了。化了半天粧，走了半天路，說了半天話，只吃那麼一點點，真不划算。如果吃多了，肚子脹得難受，還要吃胃藥，更是得不償失。

妻說：她最不喜歡買股票了，因為我們是後知後覺，沒有內線消息。一些大戶都跑光了，光剩下散戶有什麼用。大樑抽走了，房子能不塌下來嗎！更不要相信別人的話，往往愈會分析的人賠錢愈多。

妻說：做生意之道，要將日常用品價格儘量壓低，藉以吸引顧客。等到顧客上門了，再將那些稀奇古怪的新產品、泊來品售價拉高，才能滿足一些顧客的虛榮心，要不然那要賺到什麼時候！

妻說：今日事，今日畢，「剩飯不吃是下女的」。那能像清潔隊，每次舉辦自強活動就是三天，累積三天的垃圾還不是要等回來清理。再說，大熱天把垃圾擺在屋裡那麼久，臭氣熏天，弄的全市變成垃圾城。

妻說：上次某鎮鎮公所招考清潔隊員，三十個名額就有兩千多人報考，其中有些竟是大學生，還有碩士。甄試時，扛著一大麻袋重物跑也跑不動，不時摔倒，眼淚、鼻涕直流，真是斯文「掃地」！既是如此，那麼當初何必要讀大學呢！乾脆從小背著沙包練習跑步不就行啦！

妻說：狗是忠於人類的動物，有些人卻把牠當成「狗」看待。踢牠、打牠、拋棄牠，甚至當成香肉燉來吃。我們家生的小狗決不送給人，一則怕牠們受虐待，再則，過不了幾天，又被送回來，還說一大堆閒話。

妻說：為什麼女人碰在一起，不是婆婆批評媳婦，就是媳婦說婆婆的壞話。如果是我，我要把媳婦當女兒看待，要她到處稱讚我。況且自己的女兒那麼懶，中午十二點還沒起床都可以，而媳婦卻不行，因為媳婦也是人家的女兒呀！

妻說：有一次，幾個年輕人要我捐款，我沒捐，他們說我「沒有愛心」。可是前幾天坐火車碰到那群人，只見他們上車後，每人拿張票東瞧瞧，西對對，終於把幾個老弱殘疾的乘客趕了起來，便大搖大擺的坐下去，難道他們有「愛心」？

妻說：大陸上有些老年人為了百年後事預購棺材，令人不可思議。不過，我看到棺材就害怕，因為棺材那麼厚實，萬一有一天我一口氣接不上來，你們把我裝進去怎麼辦？到時候我的心口平順了，也人甦醒了，可是出不來呀！不是叫天天不應，叫地地不靈嗎？

妻說：她才不願意當義工，義工沒錢賺，只是圖個清高。隔壁王太太不是在國小當導護嗎？可是家裡搞得一團糟，簡直就是垃圾堆。你若問她：「為什麼不打掃？」她說：「我要去當義工，沒時間。」

妻說……。

拾糞的孩子

糞者，「米田共」也。

我們老祖宗真會造字，米生在田裡，吃入腹內，排瀉出來，再回到田裡，豈不是米與田共存共榮嗎！

其實，種田是離不開糞的，否則，長出來的莊稼不夠豐碩，都是秕子。只是目前有些地方使用化學肥料罷了，因為化學肥料不骯髒，使用起來比較方便。

記得小時候，家鄉的農民，尤其是老頭子，天還沒亮就爬起來背著糞箕子去拾糞。將那些牲畜乃至人類的糞便統統拾回來，無形之中每條道路也都乾乾淨淨。那個時候沒有「環保」這個名詞，如今想來，這些拾糞的人是道道地地的「環保義工」。

蘇北青山泉是大陸知名的「長壽村」，八、九十歲的人比比皆是，當地有一首「順口溜」：

活到九十不稀奇，
八十是個小弟弟，
人生七十才開始，
六十睡在搖籃裡。

至於青山泉的人為什麼會長壽呢？有人說由於村中的泉水含有多種「有機化合物」，促進人體新陳代謝，使得人能夠長壽。有人說村裡的空氣清新，沒有污染，使得人能夠長壽。其實，依我看兩者都是，也都不是。因為大陸幅員遼闊，很多地方都有優良的水質、新鮮的空氣，但為什麼人未必長壽呢？原因是故鄉的老人即使年齡再大，還在勞動，一大早就去拾糞。這些拾糞族為了怕別人捷足先登，三更半夜不約而同都爬起來。

常走路的人能長壽並不是我的新發現，醫學上認為：「人體的老化是由雙腿開始」。的確，在人體的肌肉中，大腿肌是老化最快的。

在中醫藥學中，也認為在大腿上連帶有與胃、肝、胰臟有關的經絡。因此，鍛鍊大腿肌肉不僅可以預防老化，對內臟也具有很好的刺激作用。

俗語說：「大步走，驅百病」，這些拾糞族就是大步走的人。他們為了趕時間，都是大步大步地往前跨，不但把村子周圍的幾條路走遍，而且走得越遠越帶勁。及至回到家裡天也亮了，糞箕子也拾滿了，人也覺得通體舒暢，其運動量遠非打保齡球、打高爾夫球所可比擬。

你也許想知道敝鄉既為長壽村，最長壽的人能活多大年紀？我可以誠懇地告訴你，最長壽的人可以活到七、八百歲。你不要認為我是瞎扯，但白紙黑字卻不能瞎寫，這個人有名有姓，就是家喻戶曉的「彭祖」。

為了沾一點彭祖的光，給自己添福添壽，第一次偕妻返鄉探親，特地與昌麗大姐及昌弟伉儷前往雲龍山下，瞻仰這位一代人瑞塑像的風采。

據史書記載：彭祖——上古陸終氏第三子，堯臣，封於彭城〈徐州〉，歷虞、夏至商，年七百歲，見〈論語疏〉。世本云，在商為守藏史，在周為柱下史，年八百歲。

不論彭祖活了七百歲也好，八百歲也罷，總之，他是大家公認我國最長壽的人。我不敢肯定歷任商、周兩朝的重臣，係拾糞拾來的健康、長壽，但故鄉有位劉員外家大業大，騾馬成群，九十九歲還在拾糞，而且耳聰目明，健步如飛，有「拾糞老人」之美譽。經常有人向他請教長壽秘訣及致富之道，問久了，他被問得不耐煩，便作了一首「拾糞詩」，親自以隸書寫了一張大條幅，掛在上房最醒目的地方，詩曰：

世間遍地有黃金，
黃金專找有緣人，
東西南北走一趟，
既拾黃金又強身。

「縣官丟了印，回家拾大糞」，這是說一個人在外面丟掉了工作，只好回家去種地。種地是離不開肥料的，那就去拾糞吧！在農業社會裡，這是極其自然的事。

小時候，我就常和對門馬連生一起去拾糞。

我們不是早晨沿街去拾，早晨我要趕到學校「晨讀」。我都是利用星期假日，或是寒、暑假到牲口市去拾。那個時候書包不用帶回家，沒有課外作業，拾糞倒成為清寒學生的課外活動之一。因此，在牲口市拾糞，多半是孩子們的天下。

牲口市每逢三、六、九趕集才開市，開市的時候鄉下人都牽著他們「心愛的寶貝」——馬、牛、驢、騾，自四面八方而來，便栓在木樁上待價而沽。

牲口被拴住不動，自然隨地便溺，由於牠們吃草，糞便聞起來也不會太臭，而且量大，一隻一次的排泄物就有一糞箕子。不過，要眼明腿快，往往牲口一翹尾巴，眼尖的孩子已然把糞箕子靠住牠的屁股接住。邊接邊拉長嗓門喊道：「黃——金——萬——兩」，或喊：「日——進——斗——金」，彷彿是在向其他的孩子們炫耀。其實，在鄉下人的眼裡那就是他們的黃金。甚至有些人家不捨得把牲口的糞便當作肥料，還用作燃料呢！他們將牛屎餅一塊塊地貼在牆上，待晒乾後儲存備用。據說：比煤球的炭火還旺。

為了多拾一些，也許是想減輕背負的重量吧！我與馬連生以及其他的孩子們都在園子邊挖了小糞坑，將零星拾來的糞倒進去暫存，等市集散了，再一糞箕子一糞箕子背回家，倒在後園的大糞坑裡。剛拾回家的糞是生糞，會燒死農作物，必須在糞坑任其腐化一段時日，才得下田。

拾糞並不是用手去拾，而且糞便黏黏的，也不能用手去拾，是用一種鐵做的糞鈀子去鈎。糞鈀子裝著長長的柄，不用的時候，跨在糞箕子上。拾的時候不必彎腰，只須左手持糞箕子，右手持糞鈀子，輕輕一鈎，便可將糞便鈎進糞箕子裡，毫不費事。

糞箕子是用柳條編的，去掉皮的柳條顯得特別光華柔順，有點像籐條，不過，比籐條略細。不須剖開，而是整條整條編進去，尤其背負的部分，就像扭麻花一樣一股一股扭得特別粗，背負重物時才有一種踏實感。

編糞箕子最講究的地方是靠背的那一部分，因為人的背部彎曲有致，糞箕子做的也是隨著人體變化，該凸的地方凸，該凹的地方凹，背負時才能緊貼背部，不會有一點空隙。不論背多久，沒有不舒服的感覺。

再看看台灣獨一無二，引以為傲的中正紀念堂音樂廳的座椅，都是輕過專家依照人體工學所設計，不論坐多久都不會覺得疲倦。由此可知，那些一個大字不識編糞箕子的鄉下人，竟然能與世界一流的設計專家相媲美，怎不叫人心生佩服。

有一天，我站在牲口市裡東張張西望望，遠遠看到一頭黑牛翹尾巴了，我背著糞箕子左衝右突跑過去，突然被一根繮繩絆倒，無巧不巧，小腿迎面骨正好扎在糞鈀子上，鮮血順著腿直流，疼得我一身大汗，咬牙強忍，半天爬不起來。只聽一旁賣牲口的人說：「好在糞箕子裡是空的。」

姑父家住劉莊，也常來趕集拾糞。劉莊離青山泉少說也有七、八里路，中間還隔了一個演馬莊。有一回，我見了他趕忙過去叫了一聲「姑父！」他拍拍我的頭，便從腰裡掏出幾塊錢給我，我歡歡喜喜地跑回家去把此事告訴母親。

不料，母親板起臉孔責備我說：「以後手心要向下，不要手心向上。」當時我未解其意，以為母親是看他們的家太窮，又是老遠跑來拾糞，沒經過她的許可，不應該接受人家的錢。直到許多年後的今天，我才真正明白母親為什麼要我手心向下，不要手心向上的道理，因為「施比受有福」。

上次返鄉探親，看到老家院子裡擺著一個糞箕子，就好像看到闊別多年的老朋友一樣，備感親切。於是用手一抄一甩，背將起來，糞箕子好似有靈性一般，服服貼貼地趴在我身上，覺得舒坦極了。

大多數人都把糞看成廢棄物，認為是一種骯髒無用的東西，避之猶恐不及。殊不知科學家們已將糞列為寶貴的資源，加以分析研究。理由是，其中的養分沒能充分消化、吸收，仍有回收、利用的價值，要不然狗也不會吃屎了。

據科學家推算，若干年後世界上的人口將倍數增加，相對的，糧食若不能隨著人口增加而增加時，問題就發生了。說得更明白一點，當陸地上的食物不敷食用時，便向海洋發展，吃海裡的生物。當海裡的生物再不敷食用時，總不能人吃人吧！到那個時候不排除有吃糞的可能。

這不是危言聳聽，事實上，目前在台灣正流行喝尿呢！他們為了健康、長壽，為了預防或治療某種慢性疾病，每天都在喝自己的尿。該項醫療行為係由日本傳入，經過一些愛好人士的推波助瀾，正在大行其道。在其醫療發表會上，示範者當場解小便喝給別人看。

其實，吃糞與喝尿也不過是異曲同工。

糞到底是什麼味道，只有越王勾踐才知道，當年他為了復國忍辱負重，曾為吳王夫差嚐過糞。

不過，我倒問過一位喝尿的人：「尿難不難喝？」

他回答得很妙：「酸中帶甜，苦中帶甘，越喝越想喝，不喝會失眠。」

話雖如此，不過，我倒希望未來的科學家，乃至食品專家們能把糞做得像巧克力一樣美好。

到時候，也許大家都在爭著吃糞呢！

地屋子與洗澡塘子

「日出而作，日入而息，鑿井而飲，耕田而食」，這是我小時候家鄉人的生活寫照。

曾幾何時，一陣奢侈的旋風吹向青山泉，使得那個平靜的鄉村，掀起一陣漣漪，人們彷彿開了竅。於是，戴金戒子的戴金戒子，掛懷錶的掛懷錶，連晚上串門子也拿著手電筒東照照，西照照。還有那些騎單車的，一天都要見上好幾次面。為了趕時髦，有人竟然把好好的牙齒拔掉，鑲了滿口的金牙，見人就裂著嘴笑。也有的人胸前斜斜掛著一條鏈子充門面，其實袋裡根本沒有懷錶。

因此，有句口頭禪：「窮戴鎦子，富戴錶，玩電筒的是傻吊，騎著單車滿街跑。」說歸說，可是玩電筒的人越來越多了。

記得有一天，徐州來的小姑奶奶帶了一支夜光錶，於晚上獻寶似地讓大夥瞧，果然鐘點顯得一清二楚，眾人正在讚嘆之際，表奶奶突然掏出手電一照說：「有啥稀罕！和螢火蟲不是一樣！您看俺的電筒！」說著說著，便迅速地搖了幾圈，照得人眼花撩亂。

再說，騎單車的人在大街上轉悠，無不顯得神靈活現。有一回，二姑指著路上一位騎單車的人說：「你看那輛單車好快呀！一眨眼就會到賈汪窯。」賈汪窯離青山泉少說也有十八里路，於是我說：「我怎麼一連眨了三次眼，單車還沒騎好遠？」

二姑白了我一眼。

那陣突然颳起的奢侈旋風，多半是由臭桔子引起，姑且叫「臭桔子旋風」。

臭桔子原是外地來的一名混混，平日不務正業，專幹偷雞、摸狗、拔蒜苗的勾當。有一天，拿著一把鋤頭在街角挖起來，眾人以為他在挖金子，好奇地圍攏著看，只不過半天工夫，便挖了一間「地屋子」。

地屋子與陝、甘一帶的「窯洞」有著異曲同工之妙，所不同是：窯洞遠遠望去一片平原，而地屋子的屋頂卻突出地面，用茅草搭成，只不過牆壁仍然是大地。地屋子的一頭開一個門，闢成泥土階梯，便於上下。

說也奇怪，在那滴水成冰的冬天，一走進地屋子便覺溫暖如春，再加上地上鋪著軟綿綿的麥稭，一時之間竟變成「溫柔鄉」了。

秋收之後，農人們無活可幹，閒著悶得慌，便你來我往穿梭於地屋子，大呼小叫地推牌九，吆五喝六地擲骰子。相對地一些賣糖球、賣發糕、賣芝麻糖，賣豌豆包的小販……，也聚在地屋子門口，把個地屋子圍得水洩不通。

後來，賭著賭著眾人都輸錢，只有臭桔子成了最大的贏家，他不但抽頭，還放高利貸呢！只要有人輸光了，他會伶牙俐嘴地慫恿對方翻本，輸光的人則像濕手沾麵粉——甩都甩不掉。因為他以金錢作後盾，而且折成小麥換算，一斗還兩斗。收成之後，麥子尚未進倉，就支使幾個小癟三到晒穀場收糧，欠賬的人連大氣都不敢吭一聲。否則，就會飽以一頓老拳，糧食還是照樣扛走。

有些婦道人家眼見一年的收成泡了湯，竟然跑去上吊！

臭桔子在青山泉做第二件轟轟烈烈的事就是開「洗澡塘子」，美其名曰「清泉池」。清泉池規模之大遠非地屋子可比，雖然臭桔子斗大的字認識不到一籮筐，但也卻有一肚子的鬼點子。他還在青泉集的中心點蓋了幾間屋子，最大一間作為鍋爐和澡池，澡池分熱水及溫水兩個池子。洗澡的人多半先在溫水池中泡泡，然後再進入熱水池中燙燙。在那熱氣瀰漫的洗澡塘裡，縱然光著身子，也分辨不出誰是誰？只要將身子慢慢地往熱水池中一躺，把頭靠著池壁，閉目養神，便可享受那熱水蒸騰的快活，真是混身酥麻麻，逍遙似神仙。

有人說：「北方人一生只洗兩次澡，生下來洗一次，死亡後洗一次。」這是對俺鄉親們的挖苦，有些誇大。試想：誰不愛乾淨？誰不圖舒服？只是因為北方地瘠民貧，能源缺乏，吃飯都成問題，那有能力洗澡。

其實，那裡的男人們夏天也是常到河裡浮水，浮水不就等於洗澡嘛！

自從清泉池開張之後，一張門票才不過幾毛錢，這些鄉下人也就土包子開花，開了洋葷，沒事就往清泉池跑，一泡就不想起來。好在那時候洗澡相約成俗，一律不用洋胰子，否則，你也洗，我也洗，清水不就變成濁水了。

不過，在喜歡泡澡人眼裡，認為「水不污人」，別說是濁水，即使變成渾湯也無所謂。正與台灣一些愛洗「三溫暖」的人一樣，不論媒體如何報導三溫暖是愛滋病傳染的溫床，但報歸報，洗歸洗。

再看看與澡池相通的那幾間屋子，更熱鬧了，沿著屋子四週都做了土炕，裡面生著火爐，大門掛著厚厚重重的布簾子，屋裡屋外儼然形成冬、夏兩個世界。

只見那些洗澡的「大爺」們，浴罷圍著大毛巾，往土炕上側著身子一歪，跑堂的就把熱毛巾遞上來，緊接著端上熱茶，送上花生、瓜子，或者裡外青的蘿蔔，就可以與熟朋友聊上時興的麻將經，說到精彩處，不由手舞足蹈，連圍著的大毛巾都掉落在地上。

有的人一壺茶可以喝到日落西山，方才是「水包皮」，現在是「皮包水」，洗澡塘子竟兼營「茶壺爐子」來了。

再看那雪白的手巾把在半空中飛來飛去，好似特技表演。年輕跑堂的打躬作揖，唯唯諾諾。在這種人間天堂裡，每個人早已樂得暈頭轉向，誰還管他什麼地裡莊稼活！家中黃臉婆！

自此，臭桔子財源廣進，紅光煥發，便人五人六起來，走路都帶風。巴結他的狐群狗黨，都改口叫他「香桔士」，誰能說「橘逾淮為枳？」

香桔士不但擁有嬌妻美妾，更有華宅巨邸，當他的府第落成之曰，一再央求西門裡的韓老秀才幫他寫幅匾額，以增光彩。韓秀才一向剛正不阿，常常感嘆：「君子固窮，小人窮斯濫矣！」如今碰到這種情形，寫也不是，不寫又不好，當心血來潮時，便以龍飛鳳舞的草體勉強寫了一幅字送給他，只見上面寫著：

熱熱洗澡塘，
暖暖土地屋，
香香香桔士，
送爾去酆都。

樂透彩

「買樂透彩了沒有？」這是台灣人見面時的口頭禪，這年頭誰不想發財？彷彿只有買樂透彩才是正經事，才能一夕致富，美夢成真。

「這部車子你喜歡嗎？爸爸買給你！」

「這棟房子你喜歡嗎？爸爸買給你！」

……………………。

電視上的樂透彩廣告多麼誘人，還有高速公路旁的巨幅廣告牌：「小玲！你願意嫁給我嗎？」啊哈！沒錯！台灣已產生幾十位新的億萬富翁，誰能知道下一位不會輪到自己的頭上。

每每想到這裡便興奮得吃不下飯，睡不著覺，心裡琢磨著中了獎怎麼花？吃、喝、玩、樂是少不了的。可是，還是花不完！怎麼辦？親朋好友都來借怎麼辦？被歹徒勒索怎麼辦？乾脆不如到外國躲起來吧！

就這樣，在台灣經濟不景氣的歲月裡，在失業率居高不下的陰影下，在自殺事件頻傳的聲浪中，在貧富差距越來越大的環境裡，只有購買樂透彩一途，才能藉由幻覺，舒解一下心裡的壓力。明明知道開獎之後又是一場遊戲一場夢。

說歸說，可是每逢開獎前夕，每家彩券行門前都是大排長龍，尤其當數次「損龜」之後，那只有用人山人海可以形容，因為獎金已經累積數億元。數億元是多大一個數目，誰也不知道，誰也沒見過，只知道那是很多很多錢，花三輩子也花不完。

因此，大家拼命地買，不但個人買、團體買，甚至以數萬元乃至數十萬元「包牌」，殊不知彩券數量如恆河之沙，又怎能包得了呢！

記得以前銷售「愛國獎券」的年代，每月開獎兩次，第一特獎獎金二十萬元，愛國兼發財嘛！偶爾買一張，無傷大雅。

如今，每週一、四是大樂透，週二、五是樂透彩、樂合彩，週一、二、四、五是四星彩，一週七天開獎十次，一年五十二週，開獎五百二十次。此外，街頭巷尾還有刮刮樂、即時樂……，據說最近還要發行一種「迷你彩券」，真正做到了滴水不漏，大小通吃。總而言之，你口袋裡的大錢小錢，他們都要掏得精光，還美其名曰「公益彩券」。

為了找名牌、簽號碼，人人煞費苦心，可以說，無所不用其極。路上踩到狗屎是名牌，撿到錢是名牌，小鳥的糞便拉在頭頂上是名牌，飛機失事班次、編號是名牌，甚至殺人犯的槍枝號碼也是名牌。實在找不到到廟裡去求，到墳堆去找，即使打個噴嚏、放個屁、摔破一個碗也是名牌，天哪！人人都變成了神經質、樂透迷啦！

說也奇怪，有一天晚上我果真夢見中了樂透彩，興奮得不得了，於是坐上一枚火箭漫遊太空。什麼杓子星、把子星、牽牛星、織女星……，都在眼前一閃而逝，嫦娥給我飛媚眼，送香吻。我還聽見吳剛一邊伐樹一邊唱「月亮代表我的心」。

突然間，火箭操縱桿失靈，急速下降，正當千鈞一髮之際，我伸手一探，竟然抓住一支降落傘，我連喘兩口大氣，定睛往下一看，撲天蓋地白茫茫一片，原來是珠穆朗瑪峰，及至接近峰頂，只見有一個人四腳朝天躺在那裡，那不就是我嘛！此時，只覺一股強大引力把我吸了過去，猛然醒來，原來我是躺在自家的床上。

國家圖書館出版品預行編目

流亡學生 / 李昌民著. -- 一版. -- 臺北市 ：
秀威資訊科技, 2007[民96]
面； 公分. --（語言文學類；PG0127）

ISBN 978-986-6909-53-5（平裝）

855 96006167

BOD Books on Demand 語言文學類 PG0127

流亡學生

作　　者 / 李昌民
發 行 人 / 宋政坤
執行編輯 / 賴敬暉
圖文排版 / 郭雅雯
封面設計 / 林世峰
數位轉譯 / 徐真玉　沈裕閔
圖書銷售 / 林怡君
網路服務 / 徐國晉
法律顧問 / 毛國樑律師
出版印製 / 秀威資訊科技股份有限公司
台北市內湖區瑞光路583巷25號1樓
電話：02-2657-9211　　傳真：02-2657-9106
E-mail：service@showwe.com.tw
經 銷 商 / 紅螞蟻圖書有限公司
台北市內湖區舊宗路二段121巷28、32號4樓
電話：02-2795-3656　　傳真：02-2795-4100
http://www.e-redant.com

2007 年 5 月　BOD 一版
定價：350 元

讀　者　回　函　卡

感謝您購買本書，為提升服務品質，煩請填寫以下問卷，收到您的寶貴意見後，我們會仔細收藏記錄並回贈紀念品，謝謝！

1.您購買的書名：______________________________

2.您從何得知本書的消息？

□網路書店　□部落格　□資料庫搜尋　□書訊　□電子報　□書店
□平面媒體　□ 朋友推薦　□網站推薦　□其他__________

3.您對本書的評價：(請填代號　1.非常滿意 2.滿意 3.尚可 4.再改進)

封面設計____　版面編排____　內容____　文/譯筆____　價格____

4.讀完書後您覺得：

□很有收獲　□有收獲　□收獲不多　□沒收獲

5.您會推薦本書給朋友嗎？

□會　□不會，為什麼？______________________________________

6.其他寶貴的意見：______________________________________

____

____

____

讀者基本資料

姓名：____________________　年齡：_____　性別：□女 □男

聯絡電話：________________　E-mail：____________________

地址：____

學歷：□高中(含)以下　□高中　□專科學校　□大學
　　　□研究所(含)以上 □其他_______________

職業：□製造業 □金融業 □資訊業 □軍警 □傳播業 □自由業
　　　□服務業 □公務員 □教職　□學生 □其他__________

請貼
郵票

To：114

台北市內湖區瑞光路 583 巷 25 號 1 樓

秀威資訊科技股份有限公司　　收

寄件人姓名：

寄件人地址：□□□

(請沿線對摺寄回,謝謝!)

秀威與 BOD

BOD（Books On Demand）是數位出版的大趨勢，秀威資訊率先運用 POD 數位印刷設備來生產書籍，並提供作者全程數位出版服務，致使書籍產銷零庫存，知識傳承不絕版，目前已開闢以下書系：

一、BOD 學術著作—專業論述的閱讀延伸
二、BOD 個人著作—分享生命的心路歷程
三、BOD 旅遊著作—個人深度旅遊文學創作
四、BOD 大陸學者—大陸專業學者學術出版
五、POD 獨家經銷—數位產製的代發行書籍

BOD 秀威網路書店：www.showwe.com.tw
政府出版品網路書店：www.*gov*books.com.tw

永不絕版的故事・自己寫・永不休止的音符・自己唱